덤벼라 조폭

인생 지침서

나는 위기를 이렇게 극복했다

덤벼라 조폭

이종열 콩트집

사내가 의자를 들고 내려칠 듯 위협하는데도 봉구는 미동도 하지 않고 빤히 쳐다봤다. 싸움해 본 적도, 싸울 줄도 모르는 봉구가 할 수 있는 유일한 전술이었다. 병사가 없던 공명이 성문을 열어 두고, 동자에게 마당을 쓸게 해 사마의를 물리친 전법이다. 공명의 전술을 알 리 없는 용문신의 사내가……

_본문 중에서

좋은땅

차례

표범과 사슴 그리고 봉구

:

봉구는 식음을 끊고 죽은 듯이 누워 있었다.

그동안 허기가 집요하게 몰려왔었지만, 매번 잠으로 해결했다. 사흘을 넘기면서부터는 속이 쓰리고 공허하다는 사실마저 감각하지 못했다. 감각을 느낄 힘마저 철저히 소진되어 버렸는지도 몰랐다.

얼마의 시간이 더 지나면 죽을지도 모른다는 생각이 들었지만, 상관없었다. 사는 것에 의미를 거둔 지 오래, 신에 대한 복수였다.

봉구는 유흥가에서 노래방을 운영하고 있었다.

불경기가 길어져 고객은 갈수록 줄어들었고, 로봇에게 일자리를 빼앗기고 명예퇴직, 정리해고를 당한 사람들, 인간의 수명이 늘어남으로 인해 정년퇴직한 사람들까지 너도나도 덤벼드는 통에 자영업자는 부지기수로 늘어났다.

생존을 위한 종족 번식까지 거부하는 인간의 현대 사회구조에서는 로봇이 돈을 펑펑 쓰고 다닌다면 모를까, 불황이 이어질

수밖에 없다.

노래방도 불황의 그늘에 예외일 수 없다. 모두가 힘들어했지만, 다행히 봉구는 흑자를 내고 있었다. 그런 어느 날, 봉구의 가게 옆에 최고급 시설의 초대형 노래 클럽이 들어섰다.

노래 클럽 역시도 투자한 만큼의 고객을 확보하지 못하자, 주위 업소의 절반 가격으로 덤핑을 쳤다. 유통업에나 있을 법한, 좋게 말하면 대형 업소의 이점을 살린 마케팅 전략이었고, 나쁘게 말하면 남이야 죽든 말든 나만 살면 된다는 이기주의적 발상이었다.

군소 업체들은 불가항력, 노래 클럽의 파편에 맞아 비틀대기 시작했다. 봉구의 업소는 직격탄을 맞은 격이라 더했다. 고객을 고스란히 빼앗기고 적자에 허덕였다. 엎친 데 덮친 격, 코로나19가 등장해 세상을 초토화시켰다.

'약육강식'이라, 세상 이치가 그런 것을 누굴 탓하겠는가. 봉구는 업소를 부동산에 내놓는 것으로 항복의 의사를 표시했다. 그러나 싸게 준다고 해도 업소를 인수하려는 사람이 없었다. 백기를 들어도 항복을 받아 주지 않는 현실, 신의 저주가 분명했다. 그래서 봉구는 신을 저주했다.

죽어도 그만 살아도 그만이었다. 봉구는 식음을 끊고 죽은 듯이 누워 습관처럼 TV를 보고 있었다.

TV에서는 길을 잃은 아기 사슴 한 마리가 세렝게티 초원을

7

헤매고 있었다.

건기로 인해 말랐던 대지에 사흘 낮, 사흘 밤을 내린 비가 생명을 공급한다. 세렝게티 초원의 메말랐던 대지에도 풀이 자라기 시작한다.

무리를 잃은 아기 사슴 한 마리가 풀을 뜯고 있다. 오뚝한 콧날에 가녀린 입술, 슬픈 눈망울이 예쁘다.

사슴은 풀을 뜯는 내내 본능적으로 주위를 경계하고 있지만, 55센티 마른 갈대밭에 몸을 숨긴 두 개의 눈동자가 자신을 노리고 있다는 사실을 알아채지 못한다.

먹이를 찾아 이동하고, 어미를 찾아 헤매는 동안 곳곳에 도사린 맹수들을 피해 살아남은 것은 요행이었다.

풀을 뜯는 사슴의 눈을 피해 낮은 포복 자세로 한 발 한 발 다가서는 것은 표범이다.

습한 바람 한 점이 표범의 등 뒤로부터 사슴 쪽으로 이동한다. 위험을 감지한 사슴의 시선이 갈대숲으로 향하고, 이내 이글거리는 표범의 시선을 발견한다.

사슴은 오금이 저리지만 신에게 소원한다.

'살려주세요.'

사슴이 젖 먹던 힘까지 짜내 달리기 시작한다. 나무를 비키고 웅덩이를 넘는다. 단 한 번이라도 발을 헛디뎌 삐끗하는 순간이면 그것으로 끝이다.

표범과의 거리가 좁혀져 일촉즉발의 순간이 다가온다. 표범이 몸을 날리는 순간, 방향을 급격히 꺾어 공격을 무효화시킨다. 좌에서 우로, 우에서 좌로…….

도망치면 사는 것이고 잡히면 죽는 것이다.

멸종 위기 1급의 표범, 그는 기력이 쇠진해 서서히 의식을 잃어 가고 있었다. 먹이를 찾아 킬리만자로에서부터 세렝게티까지 이동했지만, 먹이가 없기는 마찬가지였다.

지천에 풀이 깔렸을 땐 살이 덕지덕지 붙은 먹잇감이 도처에 널려 있었다. 늘어지게 자고 일어나 입맛대로 골라 배를 채웠었다.

비가 오지 않고 풀이 자라지 않자, 그 많던 먹잇감은 다 어디로 갔는지 찾아보기조차 힘들다. 그런데도 경쟁자는 많다. 백수의 왕이라는 사자, 썩은 고기라도 먹겠다며 버티는 하이에나…….

스치듯 지나가는 바람 한 점에 정신이 번쩍 든다. 바람에 묻어온 것은 실낱같은 먹이 냄새다.

풀을 뜯고 있는 아기 사슴 한 마리가 시야에 들어온다. 다행히 경쟁자들은 보이지 않는다.

본능적으로 사슴을 향해 몸을 움직이지만, 허기로 인해 다리가 후들거린다. 그렇기 때문에 더욱 근접한 거리까지 숨어들어 한 번에 제압해야 한다.

갈대에 숨어 몸을 낮추고 한 발 한 발 다가서는데, 등 뒤에서 불어온 바람 한 점이 사슴에게로 향한다.

순간적으로 고개를 드는 사슴과 눈을 감추지 못한 표범의 시선이 공중에서 충돌한다.

혼비백산한 사슴이 죽기 아니면 살기로 도망치기 시작한다. 표범이 사슴을 향해 달리며 기도한다.

'살려주세요.'

사슴이 사정거리에 들어온다. 사슴을 덮치기 위해 몸을 날리는 순간, 사슴이 방향을 급격히 꺾는다. 공격이 수포로 돌아간 만큼의 간격이 다시 벌어졌지만, 살아남기 위해서는 포기할 수 없다. 젖 먹던 힘까지 짜내 다시 달린다. 좌에서 우로, 우에서 좌로…….

잡으면 사는 것이고 못 잡으면 죽는 것이다.

봉구는 정신이 번쩍 들었다. 정말 짓궂기 그지없는 이는 신이 아닌가. 그렇게 선과 평화를 원한다면 사슴만 두면 될 것을…….

봉구는 신을 향해 묻는다.

"신에게 인간 세상은 무엇입니까?"

"······."

봉구가 목소리를 높인다.

"신들이 보는 한 편의 다큐멘터리는 아닙니까?"

"······."

골리앗과의 싸움에 지레 겁을 먹고 손을 들었었다.

장수는 전쟁터에서 죽는 것이 영광이라 했고, 선장은 배에서 죽는 것이 영광이라 했다. 업소에서 죽는 것보다 장사치에게 더 영광스런 일이 어디 있겠는가.

봉구는 자리에서 벌떡 일어섰다. 다리가 휘청거렸지만, 이를 악물고 버텼다. 이 불경기에 얼마나 많은 이를 잡으려고 초대형 노래 클럽을 개업한단 말인가.

언젠가는 비가 올 것이고, 비가 오면 풀은 자랄 것이다. 어차피 건기라면 덩치가 큰 놈이 더 버티기 힘들 것이다. 당장은 힘센 놈이 이기는 것으로 보이지만 세상은 오래 버티는 놈이 이기는 게임이다.

봉구는 끝이 궁금했지만 TV를 끄고 업소로 향했다. 사슴이 죽든 표범이 죽든 어쨌든 누군가는 죽을 것이고, 봉구는 누가 죽든 상관없었다. 어차피 누가 죽든 신에게는 상관없을, 봉구는 저잣거리의 장사치였다. 버티면 살 것이요. 못 버티면 죽는 것이다.

가출

:::

부산항이 훤히 내려다보이는 산복도로의 한 여자고등학교. 쉬는 시간을 맞은 아이들이 삼삼오오 모여 수다를 떨고 있다.

구석 자리에 앉아 거울을 보고 있는 숙희에게 화영이 다가와 사진 하나를 내밀어 거울을 가로막았다.

"그만하면 충분히 예쁘다. 실전 뛰게 한 개 골라라."

그녀는 사진을 피해 거울 속의 여드름을 쫓았지만, 화영의 손에 들린 사진 또한 집요하게 거울 속의 그녀를 뒤쫓았다. 그녀는 거울 보기를 포기하고 사진으로 눈길을 돌렸다.

사진 속에는 네 명의 남자가 제각각 폼을 잡고 서 있었다. 그녀가 허리를 등받이에 기대며 사진을 받으려 했지만, 화영은 사진을 놓지 않았다.

"그냥 골라."

그녀는 가만히 고르는 척하다 순간적으로 사진을 빼냈다. 그러자 화영의 엄지손가락이 있던 자리에서 마술처럼 한 명의 사내가 더 나타났다.

화영이 멋쩍게 웃었다.

"그놈은 내 거다. 지, 용이."

"풋."

그녀는 실소를 금할 수 없었다.

그녀의 웃음 속으로 말 많은 동주가 걸어왔다. 어수룩한 애 하나쯤은 순식간에 왕따로 만들어 버리는 능력을 갖춘, 요주의 인물이었다.

"뭐야? 뭔데? 팅이야? 어디 봐봐."

동주가 순식간에 사진을 잡아챘다. 그녀는 상대가 동주여서 더 빼앗기지 않으려고 버텼다. 둘의 알력을 이기지 못한 사진이 반으로 찢어졌다.

화영이 굳은 얼굴로 동주를 노려보자, 동주는 화영의 시선을 피해 숙희의 손에 남은 반쪽의 사진을 가져다 맞췄다. 곧이어 동주의 얼굴에 허탈감이 떠올랐다.

"뭐야? 빅뱅이잖아."

숙희가 웃음을 참으며 말했다.

"동주 너도 하나 골라라 실전으로다."

동주가 사진을 그녀에게 넘겨줬다.

"너부터 골라, 나머진 다 내 거다."

화영이 동주를 노려봤다.

"내가 아끼는 사진이다."

듣는 둥 마는 둥 하는 동주를 보고 화영의 목소리가 높아졌다.

"내가 제일 아끼는 사진이라고."

"지랄한다, 지랄을……. 떡볶이면 되겠어?"

동주의 말에 화영이 활짝 웃으며 대답했다.

"되겠다."

"좋아."

탁월한 능력으로 위기를 모면한 동주가 시선을 그녀에게 돌렸다.

"오늘 떡볶이는 숙희가 쏜다. 됐지?"

그녀가 화들짝 놀라며 물었다.

"내가 왜?"

"너에게 떡볶이 한 번 얻어먹어 보는 것이 소원이다."

동주가 화영에게 눈길을 주자 화영이 고개를 끄덕였다.

"내 소원도 그래."

주머니에 단 한 푼의 돈도 없는 그녀는 고개를 가로저을 수밖에 없었다.

"……."

"너는 집도 잘살면서 어떻게 100원짜리 하나를 안 쓰냐?"

화영의 말에 동주가 의아해했다.

"숙희네 집이 잘산다고?"

그녀의 근심 어린 표정을 동주의 숨은 미소가 훑고 지나갔다.

화영이 대답했다.

"너희 집에 비할 바 아니지만, 그래도 부자야."

아이들이 하나둘 모여드는 가운데, 동주가 숙희의 팔꿈치를 엄지와 검지로 집어 당겼다.

"누더긴데?"

아이들의 웃음소리가 합창이라도 하듯 교실에 울려 퍼졌다. 그녀가 동주의 팔을 떨쳐 내자 동주가 검지로 그녀의 이마를 천천히 밀었다.

"돈은 쓰기 싫고, 몸으로 때우는 것도 싫다?"

그녀가 자리에서 일어나 동주를 확 밀치며 쏘아붙였다.

"수학여행 때 확실하게 쏠게."

쓰러진 동주 위로 아이들의 웃음소리가 흩날렸다. 동주의 눈꼬리가 파르르 떨렸다.

여관과 전당포가 어울린 부산역 맞은편의 막다른 골목. 여관 입구에는 '달방 환영'이라 적힌 빛바랜 명패가 반듯하게 붙어 있다.

여관으로 들어가려던 숙희는 걸음을 멈췄다. 광대뼈가 툭 불거진 사내가 팔짱을 끼고 입구를 지키고 있고, 그의 뒤로 두 명의 사내가 보좌하듯 서 있다. 오빠의 노름빚을 받으러 오는 단골 사내들이었다.

안내실에서 나오는 오빠 손에 현금이 들려 있었다. 아버지가 뒤따라 나오며 소리 질렀다.

"안 된다. 이놈아, 그 돈은 안 된다."

오빠가 아버지의 다리를 걸어 밀어 버리자 아버지는 힘없이 고꾸라졌다. 오빠가 광대뼈 사내에게 돈을 넘겼다. 그러자 아버지가 광대뼈 사내의 다리를 붙잡고 늘어졌다.

"이놈아, 돈 안 내놔?"

뿌리치는 광대뼈 사내에 의해 아버지가 다시 뒹굴었다. 그녀가 난장판 속으로 뛰어들었다. 그리고 벗은 교복을 팽개치며 고함쳤다.

"남이 입던 옷을 얻어와 입는 것은 고사하고, 떨어지면 기워 입고 해어지면 천을 덧대 입는다, 나는."

그녀가 씩씩거리며 오빠와 사내를 번갈아 노려봤다.

"이년이 어디서."

오빠가 그녀에게 성큼 다가서며 익숙하게 주먹을 휘둘렀다.

그녀는 망나니 오빠와 구두쇠 아버지에게 악만 남아 있던 터였다. 그래서 피할 생각도 하지 않았다. 주먹이 그녀의 얼굴을 강타할 순간이었다. 광대뼈 사내의 손이 번개처럼 날아와 오빠의 주먹을 잡아챘다.

"그만해라."

오빠는 주먹을 휘두를 때의 기세와는 달리 한 번의 저항도 하지 못하고 주먹 쥔 손을 내렸다.

"가자."

광대뼈 사내가 밖으로 나가자 두 명의 사내와 오빠가 동시에 따라붙었다.

"이놈들아 거기 안 서."

발악에 가까운 아버지의 고함에 광대뼈 사내가 걸음을 멈추고 뒤돌아봤다. 그녀는 여전히 사내를 노려보고 있었다. 광대뼈 사내가 되돌아오더니 그녀 앞에 멈춰 섰다. 그녀가 한 걸음 물러났다.

"옷 사."

사내가 얼마의 돈을 떼어 내 그녀의 손에 쥐어 주고 밖으로 나갔다.

아버지가 그녀의 손에 들린 돈을 가로채려 했다. 그녀는 무의식적으로 힘주어 돈을 잡았다. 헛손질한 아버지가 그녀를 노려봤다. 아버지의 얼굴에는 군데군데 멍이 들어 있었다. 돈을 잡은 그녀의 손에 힘이 빠져나갔다.

여관을 운영하는 그녀의 부모님은 사람들에게 수전노 소리를 듣고 있었다. 모든 돈을 아버지가 관리하기 때문에 싸잡아 수전노 취급을 당하는 어머니는 억울할 수도 있겠지만, 그녀가 보기엔 마찬가지였다. 아버지 몰래 한 번쯤은 용돈을 줄 법도 하건만, 단 한 번도 그런 일이 없었던 어머니, 어머니는 방조자로서

공범이었다.

어머니는 어디선가, 누군가 입던 옷을 잘도 얻어 왔다. 떨어지면 기워 주고 해어지면 누벼 주셨다. 그래서 그녀는 가난하게 사는 친구들보다 궁핍하게 살았다.

그녀의 오빠는 망나니였다. 그녀에게 옷 한 벌 사 주지 않고 용돈 한 번 주지 않으셨던 아버지, 그런 아버지는 아들이 사고를 치면 어김없이 치료비에 위자료까지 물어 주었다. 옷을 수백, 수천 벌을 살 수 있는 돈이었다. 그렇지만 오빠는 여전히 철이 들지 않았고, 성인이 되어서는 노름과 마약까지 손을 대는 바람에 세 채의 집을 날렸다.

친구들은 그녀를 두고 '집이 못사는 것도 아닌데, 하고 다니는 꼴을 보면 다리 밑에서 주워 온 자식이 틀림없다.'라고 놀려 댔다. 그녀는 그럴 때마다 어머니께 주워 온 자식이 아님을 확인했지만, 고등학생이 된 후에는 확인을 그만두었다. 친구들의 말은 틀렸다 하더라도 맞는 말이었다. 그녀는 주워 온 자식이나 다름없었다.

수업을 마친 동주와 화영이 함께 학교 앞 골목길을 가고 있었다.

"앞으로 떡볶이는 무조건 내가 쏠 테니까, 숙희하고 상대하지 마, 알았지?"

동주의 말에 화영이 대답했다.

"알았어."

동주와 화영이 골목의 모퉁이를 돌았을 때였다. 담배를 피우고 있던 두 명의 소년과 마주쳤다. 학생들의 돈을 뺏다 퇴학당하고, 신고한 학생에게 앙갚음하다 소년원까지 갔다 온, 근처에선 모르는 아이들이 없는 불량소년들이었다.

붉은 머리 소년이 손을 내밀자 동주가 만 원짜리 지폐 한 장을 건넸다.

"빌리는 거다. 너는?"

붉은 머리 소년이 화영을 가리키자 화영이 주머니에서 천 원을 꺼냈다.

"우리가 동네 양아치로 보여?"

덩치 큰 소년이 주먹을 들어 위협했다.

"한심한 년, 돈 없으면 맞고 가."

그때였다. 동주의 시야에 멀리서 땅을 보며 터벅터벅 걸어오는 숙희가 포착되었다.

"잠깐."

동주가 덩치 큰 소년을 제지했다.

"얘 거는 제가 줄게요."

동주가 손가락으로 숙희를 가리켰다.

"저기 오는 애에게서 받아 내는 돈의 열 곱으로."

붉은 머리 소년이 이게 웬 횡재냐는 표정으로 재빨리 되물었다.

"정말이지?"

"정말이죠. 대신, 돈을 못 받아 내면 애 때리려고 했던 거, 열 곱으로 쟤를 때려요."

"그거 좋네."

동주가 화영의 손을 끌고 건물 안으로 몸을 숨기는데, 덩치 큰 소년이 손마디를 꺾어 '뚜두둑' 소리를 냈다.

붉은 머리 소년이 그녀를 막아섰다.

"야, 돈 좀 빌려줘."

그녀가 말없이 비껴가려고 하자 덩치 큰 소년이 앞을 막았다.

"안 들려?"

"돈 없어요."

그녀의 말투는 싸늘했다.

"없으면 맞아야지."

붉은 머리 소년이 뒤에서 그녀의 머리를 잡아당기며 말했다.

"열 곱으로."

간혹 사람들이 지나쳤으나 소년들은 아랑곳하지 않았다. 지나치는 사람들은 못 본 척 골목을 빠져나가기 바빴다.

설렘보다 용돈이 더 걱정스러웠던 수학여행 날 아침이었다. 불량소년들에게 당한 흔적이 고스란히 묻어 있는 숙희의 인상은 몹시 굳어 있었다. 아버지는 천 원권 두 장을 들고 있었고, 그녀는 받지 않고 있었다.

"엄마, 수학여행에 2천 원 가져가는 애는 저밖에 없어요."

그녀는 아버지에게 말을 해도 되지 않을 것이기 때문에 어머니에게 도움을 요청했다. 어머니는 못 들은 척 콩나물만 다듬고 있었다.

"아이들이 나에게 떡볶이 한 번 얻어먹어 보는 것이 소원이래요."

고집불통의 아버지도 그렇지만, 남의 일인 양 침묵으로 일관하는 어머니도 야속했다. 그녀는 설움이 북받쳐 올랐다. 아버지에게 말하느니 차라리 포기하는 것이 낫다는 관념이 잠재되어 있던 터라, 아버지에게는 돈 이야기를 하고 싶지 않았지만, 지금은 아니었다. 아버지를 똑바로 바라보며 애원했다.

"아버지, 제발요."

"그런 소리 하지 마라. 너의 오빠가 돈이란 돈은 다 가져갔다. 그래서 돈이 없어."

"내게서 빼앗아 간 돈이라도 주세요."

"네가 무슨 돈이 있다고 빼앗아 가?"

"노름빚 받으러 와서 내 옷 사 입으라고……."

"그게 네 돈이냐?"

그녀가 아버지를 노려봤다.

"내가 아니었으면 아버지에게 가지도 않았을 돈이잖아요."

"그 말은 맞다. 그렇지만 없다."

그녀는 처음으로 아버지께 소리를 질렀다.

"저도 사고를 칠까요? 그럼 돈을 줄 거예요?"

"이년이 미쳤나."

그녀가 악을 썼다.

"미치지 않고 사는 게 더 용해요."

철썩.

아버지가 그녀의 뺨을 때렸다. 어금니를 꽉 깨문 그녀는 더는 말을 하지 않았다. 그녀는 방으로 가서 가방을 챙겼다. 그리고 태어나서 처음으로 장롱 속에 든 아버지의 돈에 손을 댔다.

그녀는 인사도 하지 않고 집을 나서다 대문 앞에 서서 뒤돌아봤다. 어머니는 여전히 콩나물을 다듬고 있었고, 아버지는 그녀를 노려보고 있었다. 피하지 않고 마주 보는 그녀의 눈에서 증오가 불같이 타올랐다.

그녀는 수학여행 가는 버스를 타러 학교로 가는 대신, 기차를 타기 위해 역으로 갔다. 그녀는 잠시라도 더 빨리 떠나고 싶었다. 그래서 가장 빨리 떠나는 기차의 차표를 끊었다.

기차가 종착역에 도착했다는 안내 방송이 나왔다. 그녀는 기차에서 내려 이번엔, 가장 멀리 가는 기차표를 끊었다.

숙희가 도착한 곳은 춘천이었다. 그녀는 돈을 아끼기 위해, 산 동네에 월세방 한 칸을 구했다. 마당에서 문을 열면 부엌이고, 부엌에서 문을 열면 방인 옛날 집이었다. 공동 화장실에 공동 수도를 쓰는 구조여서 더없이 불편했지만, 마음은 홀가분했다.

돈은 턱없이 부족했다. 방을 구하고, 자취에 필요한 최소한의 물품과 김치, 라면 한 박스를 샀더니 돈은 바닥을 드러냈다. 집으로 돌아가지 않으려면 서둘러 직장을 구해야 했다.

아침이면 사람들이 마당의 세면장으로 몰려나와 떠들썩했다. 방 안에 있어도 밖에서 말하는 소리가 고스란히 들렸다. 그녀를 두고 새댁 혼자 이사를 왔다는 둥, 학생 같아 보인다는 둥 말들이 많았다. 자신에 대해서 이러쿵저러쿵하는 말을 듣기 싫어, 사람들이 출근하기를 기다려 세수하고 일자리를 구해 나서는 일상이 반복되었다.

열여덟 소녀에게 주어지는 일자리는 거의 없었다. 보호자로부터 보호받기를 거부한 미성년자에게 세상은 냉혹했다. 그렇게 시간이 흐르는 동안, 아침저녁으로 반 개씩 나눠 먹던 라면도 바닥을 드러냈다. 끼니도 문제였지만 얼마 후면 방세를 내야 하는데 걱정이었다. 숙식이 제공되는 일자리를 구하면 좋겠는데 뜻대로 되는 일이 없었다.

부산 쪽으로는 쳐다보기도 싫었다. 직장이 구해지지 않자 집으로 돌아가야 될지도 모른다는 압박감에 화가 치밀어 올랐다.

아가씨를 구한다는 종이를 보고 들어간 곳은 술집이었다. 술집에서 일하는 한이 있더라도 집으로는 돌아가지 않을 생각이었다.

주인 여자는 청소년보호법을 대동해 거절했다. 미성년자를 고용하다 발각되면 업소는 고사하고 신세까지 망친다는 이유였다. 쫓겨나듯 업소를 나서는데 줄곧 뒤에서 지켜보던 남자가 슬그머니 따라 나왔다.

"집을 나왔니?"

대답하지 못하는 그녀를 보며 남자가 혀를 찼다. 그리고 업소 안을 힐끗 보고는 눈을 번득이며 말했다. 오빠가 돈을 빼앗을 때의 눈빛과 흡사했다.

"좋은 곳에 취직시켜 줄 테니까, 내일 오후 두 시에 올래? 선금을 줄 수도 있어."

그녀가 고개를 끄덕이고 돌아섰다.

다음 날, 그녀는 한낮이 되어서야 세수를 하기 위해 마당으로 나갔다. 오후 두 시까지 가려면 시간은 충분했다. 남자의 눈빛이 마음에 들지 않아 고민을 거듭했지만, 집으로 돌아가지 않기 위해서는 어쩔 수 없었다.

수건을 목에 감고 하늘을 올려다봤다. 비라도 오려는지 마음처럼 잔뜩 찡그린 하늘이 슬펐다. 온종일 비라도 쏟아져 내리면 좋겠다고 생각했다. 그러나 비가 오면 하루를 더 굶어야 할 판이었다.

　몸에 기운이라고는 남아 있지 않았다. 쪼그리고 앉아 세면을 마치고 일어서는데 현기증이 났다. 그리고 정신을 잃었다. 세면장은 콘크리트 바닥이었다.

　스물두 살의 봉구는 자취를 하며 공장에 다니고 있었다. 중소기업으로부터 하청을 받은 공장에서, 다시 하청을 받아 납품하는 가정공업이나 다름없었다. 사장과 아주머니 둘 그리고 봉구가 회사원의 전부였다. 일이 많을 때는 봉구가 새벽까지 일하고 오전에 쉬는 것이 규칙처럼 되어 있었다.

　아주머니 한 분은 봉구를 바보라고 놀렸다. 일한 만큼 대우를 받지 못한다는 이유였다. 그래도 봉구는 열심히 일했고, 자신에게 일자리를 주는 사장에게 감사했다. 그런 봉구를 모두가 좋아했다.

　봉구는 출근 준비를 하기 위해 세면장으로 갔다. 세면장에는 한 소녀가 하늘을 올려다보고 있었다. 잿빛 하늘만큼이나 그녀의 눈망울이 슬펐다. 움직일 것 같지 않던 소녀가 세면을 시작했다. 봉구는 옅은 입김에도 쓰러질 것 같은 소녀에게서 눈을 뗄 수 없었다.

　세면을 마치고 일어나던 소녀가 허물어지듯 쓰러졌다. 봉구가 달려가 그녀의 머리를 받쳐 들었다.

"이봐요. 정신 차려요."

서서히 의식을 찾은 그녀가 일어서려다 힘없이 주저앉았다.

"방에 좀……."

"병원으로 가야 하는 거 아닙니까?"

"괜찮아요."

봉구가 그녀를 안고 그녀의 방으로 들어갔다. 그녀의 얼굴은 노랗게 탈색되어 있었다.

"안 되겠어요. 구급차부터 부르고 올게요."

봉구가 일어서려는데 그녀가 만류했다.

"좀 있으면 괜찮아질 거예요. 가서서 일 보세요."

"정말 괜찮겠어요?"

"네."

그녀의 대답은 힘겨워 보였으나 뜻은 완강해 보였다. 봉구는 밖으로 나가다 말고 다시 한번 그녀를 쳐다봤다. 그녀가 살며시 미소 지었다.

봉구는 방문을 닫고 부엌을 살폈다. 냄비 하나에 휴대용 가스버너, 수저가 살림의 전부였다. 라면 박스 하나가 쓰레기통 위에 놓여 있었다. 봉구가 라면 박스를 들자 박스는 힘없이 들렸다.

숙희는 자꾸만 잠이 왔다. 손가락 하나 움직일 힘도 남아 있지 않았다. 두 시까지 가려면 서둘러야 하는데 산길을 내려갈 자신이 없었다. 눈꺼풀의 무게가 천근만근 처져 내려왔다. 이렇게 잠들면 죽을지도 모른다는 생각이 들었다.

그녀는 꿈을 꾸었다. 오빠를 앞세워 아버지가 찾아왔다. 아버지가 집으로 가자며 그녀의 머리채를 잡아끌었다. 오빠가 그런 아버지의 손을 떼어 내 그녀를 데려간 곳은 술집이었다. 오빠가 눈을 번득이던 남자로부터 돈을 받아 헤아렸다. 아버지를 앞세워 오빠가 나갔다. 그녀가 따라 나가려고 하자 남자는 돈을 갚고 나가야 한다며 괴물로 변했다.

"악."

그녀의 비명에 봉구는 깜짝 놀랐다.

"괜찮아요?"

봉구가 미음을 끓여 와 그녀를 깨우려던 중이었다. 그녀가 고개를 끄덕이며 손으로 이마의 땀을 닦았다.

"꿈꾸셨는가 봐요. 미음을 좀 끓여 왔는데 드세요."

그녀가 미음을 먹기 시작했다.

"저는 봉구라고 합니다."

"숙희예요."

"이름이 예쁘네요."

그녀는 봉구를 따라 공장 생활을 시작했다. 오빠와 달리 착하고 자상한 봉구는 그녀가 원하던 남자였다. 무엇보다 그녀에게

27

아버지처럼 구두쇠 짓을 하지 않았다. 그녀에게 무엇이든 하나라도 더 주려고 안달이었다.

공장을 다닌 지 두 해째가 되던 해, 방값 하나를 아끼기 위해 그녀의 제의로 둘은 동거를 시작했고, 동거를 시작한 지 두 해가 지나지 않아 딸을 낳았다.

그녀는 자신이 받았던 설움을 딸에게 물려주지 않기 위해 이를 악물고 돈을 벌었다. 그 후 아들 하나를 더 낳았다. 남편은 그녀에게 드레스를 입히지 못해 미안해했지만, 그녀는 아이들을 위해서는 드레스를 입지 않아도 괜찮다고 말했다.

열심히 살았지만, 세상은 그녀의 뜻대로 되지 않았다. 둘이 잠을 아끼며 돈을 벌어 두 칸짜리 전세방으로 이사를 했으나 생활은 여전히 궁핍했다. 아이들에게는 풍족하게 해 주지 못했고, 세 채의 집과 요지의 여관을 소유했던 아버지처럼 재산을 모으지도 못했다. 그녀는 우울했다.

삶이 힘들어질수록 어머니 모습이 자주 떠올랐다. 그래서 그녀는 어머니에게 전화했다. 전화기에서 아버지나 오빠의 목소리가 들려오면 끊기를 수차례, 간신히 어머니와 통화할 수 있었다. 어머니 혼자만 알고 있겠다는 조건으로 그녀는 자신의 전화번호를 일러 주었다.

그로부터 일주일 후였다. 아버지에게서 전화가 걸려 왔다. 그녀는 목소리를 확인하고 전화를 끊어 버렸다. 전화벨이 다시 울리자 아이들과 남편이 전화를 받으려고 했다. 그녀가 막아섰다. 밤새도록 울릴 기세의 전화벨 소리에 그녀는 전화 코드를 뽑아내는 것으로 아버지에 대한 복수를 대신했다.

며칠 후, 남편이 아버지에게서 전화가 왔었다고 전하며 어머니가 돌아가셨다고 했다.

눈물이 왈칵 쏟아져 내렸다. 그러나 그녀는 끝내 집으로 가지 않았다. 어머니에 대한 그리움보다 아버지와 오빠에 대한 증오가 더 컸다.

큰딸 효원이 중학교 1학년, 아들 효성이 초등학교 5학년이 된 어느 토요일 저녁이었다.

"효성이와 같이 못 자겠어."

효원이 투덜거렸다. 효원이는 중학생이 된 이후 줄곧 혼자만의 공부방을 요구해 오고 있었다.

"왜 같이 못 자?"

"몸부림도 심하고."

"또?"

그녀의 다그침에 효원이 입을 다물었다. 남편이 효원의 편을 들었다.

"공부해야 하는데 효성이 코 골고 몸부림쳐서 힘들지? 조금만 더 기다려라, 아빠가 돈 많이 벌어서 큰 집으로 이사할 테니."

효성이 소리쳤다.

"아빠 정말?"

남편의 말에 막내 효성이 기뻐했다. 효원이 시큰둥하게 대답을 대신했다.

"아빠는 무조건 큰 집으로 이사하재, 그게 언제 적 이야긴데……."

남편이 머리를 긁적이고 있을 때였다. 효성이 밖을 가리켰다.

"누가 왔어."

그녀는 하마터면 놀라 비명을 지를 뻔했다. 아버지가 뻔뻔하게 찾아온 것이다.

"여길 왜 왔어요?"

"……삼겹살을 좀 사 왔다."

검정 비닐봉지를 내미는 아버지의 모습은 남루했다. 받지 않으려는 그녀를 대신하여 남편이 받았다.

"네 오라비 노름빚 때문에 여관을 팔아서 갈 데가 없어 왔다. 어디 아픈 데는 없니?"

"산다고 바빠 아플 겨를도 없어요."

아버지가 남편과 아이들을 찬찬히 훑어봤다.

"그래, 다행이구나."

그녀가 남편과 아이들을 방으로 들여보냈다.

"여긴 아버지가 올 곳이 아닙니다."

그녀의 표정 없는 얼굴을 보며 아버지가 힘없이 대답했다.

"너의 오라비가 죽이려고 해서 도망쳐 왔다. 갈 곳이 없어."

"아버지가 갈 곳요? 여기는 더 아니에요."

"……."

"이렇게 살려고, 그렇게 지독하게 살았어요?"

"……."

남편과 아이들이 문틈으로 밖의 상황을 서로 훔쳐보려 실랑이를 벌였다.

그녀가 한심하다는 듯 아버지를 쳐다봤다.

"딸에게까지 지독한 구두쇠 짓을 해 모은 재산을 아들 노름빚에 다 날렸네요."

아버지가 평상에 걸터앉으며 고개를 끄덕여 수긍했다.

"……어쩔 수 없었다."

숙회가 검지를 곧게 펴서 밖을 가리키며 말했다.

"어쩔 수 없기는 뭐가 어쩔 수 없었다는 거예요? 제가 받은 상처는 아물 수 있는 것이 아니에요. 가세요."

"……수학여행에 용돈을 적게 준다고 집을 나간 너를, 나는 지금도 이해할 수 없구나."

그녀가 몸서리를 쳤다.

"내가 그때만 생각하면……."

"무슨 일이 있었는지 이야기해 줄 수 있겠니?"

"어차피 아버지를 집에 들일 생각이 없으니 이유라도 이야기해 주어야겠지요."

그녀가 가출한 이유를 설명했다. 빼꼼 열린 문틈으로 위로부터 남편, 효원, 효성이 층을 지어 구경하고 있었다.

그녀의 이야기가 끝이 나고도 한동안 말이 없던 아버지가 땅이 꺼질 듯 한숨을 쉬었다.

"미안하구나. 그만 가마."

아버지가 자리에서 일어나는데, 남편이 맨발로 뛰어나왔다.

"아버님, 안으로 들어가시죠."

그녀가 잔뜩 인상을 쓰고 남편을 노려봤다.

"당신이 뭘 안다고 그래요?"

"알고 말고가 아니잖아. 어떻게 아버님께……."

아버지가 남편의 손을 잡으며 감사했다.

"고맙네, 내가 지은 죄가 크네."

"아버님, 이 사람 말 신경 쓰지 마시고 저희와 같이 살아요. 아이들도 좋아할 겁니다."

어느새 아이들도 마루로 나와 구경꾼처럼 서 있었다. 아버지가 아이들을 향해 물었다.

"정말?"

그녀는 아직 한 번도 자신의 말에 토를 달거나 반대를 한 적이 없던 남편이 역성을 들자 화가 더 났다. 그녀가 아이들을 대신해 아버지를 쏘아붙였다.

"방도 없는데, 아이들이 뭘 좋아하겠습니까. 좋아하는 오빠에게나 가 보세요."

아버지가 한숨을 내쉬며 그녀를 쳐다봤다. 그녀는 고개를 돌려 외면했다.

"나도 내가 지독하게 살 수밖에 없었던 이유를 이야기해 주어도 되겠니?"

"제가 납득할 수 있도록 설명해 보세요. 어떻게 이야기해도 납득이 안 되겠지만요."

"나와 너의 어머니는 어릴 적 같은 집에 살았다."

말을 중단한 아버지가 먼 하늘을 올려다보고는 천천히 이야기를 이어 갔다. 마치 어머니에게 이야기하는 듯했다.

"너의 외할아버지께서는 돈을 벌면 쓰기 바빴다. 이웃은 물론이고 친척, 지나가는 걸인도 그냥 보지 못했다. 월세를 내지 못해 매달 집주인에게 시달리면서도 그렇게 사셨다. 그래서 너의 어머니는 궁핍하게 살지 않았지만, 항상 가난했다."

서늘한 바람 한 점이 마당을 훑고 지나가자 어머니의 모습이 떠올랐다. 아버지가 말을 이었다.

"너의 외할머니께서는 일찌감치 병으로 돌아가셨다. 너의 외삼촌도 외할머니와 같은 병을 앓고 있었는데, 큰 병원에서 수술을 받아도 회생을 장담할 수 없는 위중한 병이었다. 가난한 까닭에 수술을 받을 수 없었던 네 외삼촌은 시름시름 앓다가 손도

써 보지 못하고 죽었다. 너의 외할아버지께서는 죄책감을 이기지 못해 술로 사시다 네 외삼촌이 돌아가신 이듬해 돌아가셨다. 네가 태어나기 전의 일이다."

과거를 회상하는 아버지의 얼굴에 슬픔이 가득했다. 그녀가 한 번도 볼 수 없었던 모습이었다.

"집주인의 아들이었던 나는 혼자가 된 너의 어머니와 결혼하려 했으나, 집주인의 반대로 결혼할 수 없었다. 둘이 결혼해 아이를 낳으면 아이들이 반드시 병을 앓을 것이란 이유였다. 나는 나의 아버지이기도 한 집주인의 말을 반박할 수 없었다. 그래서 내가 선택한 것은 너의 어머니와 야밤을 틈타 도주하는 것이었다."

아버지의 표정은 슬픔을 초월한 듯 평온하게 변해 있었다.

"나는 가족력에 의해 너희들도 아플 것이라 생각했다. 그래서 만반의 준비를 해 두어야 했다. 내가 너희들에게 해 줄 수 있는 것은 돈을 아껴 모아 만일에 대비하는 것이었다."

아버지가 이야기를 다 했다는 듯 자리에서 일어났다.

"그렇다고 말을 해 줬어야죠."

그녀의 억양 없는 말에 아버지가 또렷이 대답했다.

"모르는 것이 약이라고 생각했다."

"……."

아버지가 가방을 챙겨 들었다. 그녀의 눈은 충혈되어 있었다.

"네 오라비의 정신이 병들어 힘들었지만, 네가 건강해서 고맙다. 잘 살아라."

아버지가 밖으로 나가려고 하자 그녀가 슬그머니 막아섰다.

"여관도 파셨다면서 어디로 가시려고요?"

"양로원도 있고……."

그녀가 아버지의 가방을 잡으며 말했다.

"그냥 여기서 같이 살아요."

"지낼 방도 없다면서?"

그녀가 쓴 미소를 지었다.

"……아이들하고 같이 써요."

"싫다. 큰 집이라도 구해서 정성껏 모시겠다면 모를까."

아버지의 도발에 그녀가 한숨을 내쉬었다.

"돈이 있어야 큰 집을 구하죠."

남편이 끼어들었다.

"작으면 어때요. 좀 있다 큰 집으로 이사해서 아버님 방을 제일 큰 방으로 드리겠습니다."

남편이 아이들을 향해 물었다.

"너희들 생각은 어떠냐?"

효원이 남편을 슬쩍 쳐다보고는 보일 듯 말 듯 고개를 끄덕이며 작은 소리로 말했다.

"큰 집 기대는 안 하지만 저는 찬성이에요."

마루에 놓인 삼겹살을 힐끗 쳐다본 효원이 힘차게 외쳤다.

"저도 찬성입니다. 우리 방에 같이 자요, 할아버지."

효원과 눈이 마주친 아버지가 코를 찡그리더니 가방을 당겨 그녀의 손이 떨어지게 했다. 그리고 평상에 앉아 가방을 뒤져 통장 하나를 꺼냈다.

"돈이 조금 들어 있다."

아버지가 통장을 그녀에게 건네주었다.

"무슨 돈요?"

"네 등쌀에 버티려면 하숙비라도 내야 되지 않을까 싶다."

그녀가 통장을 아버지께 다시 건넨다.

"나도 집 나오기 전까지 살던 하숙비 안 냈으니까 이참에 갚는 것으로 해 두죠. 이 돈은 뒀다가 필요할 때 쓰세요. 비상금도 있어야죠."

"비상금은 네가 용돈 주면 모아서 쓰지 뭐."

아버지 넉살에 그녀가 웃고 만다. 통장을 펴 보던 그녀가 화들짝 놀랐다. 아버지가 빙긋 웃으며 말했다.

"비상금으로 쓰기엔 좀 많지?"

"무슨 돈이에요?"

"여관 판 돈."

"여관은 오빠가 노름빚으로 팔아먹었다면서요?"

"네 오라비 등쌀에 못 견뎌 여관을 팔았지만 내게도 생각이 있었다.”

그녀가 가만히 아버지를 쳐다봤다.

“여관을 팔지 않고 더는 버티기 힘들다고 생각했다. 그래서 네 오라비를 안심시켰다.”

“어떻게요?”

“여관을 팔아 빚을 갚아 주면, 더는 재산이 없으니 노름 끊고 정신 차려서 일을 할 수 있겠느냐고 물었다.”

“그랬더니요?”

“뻔하지 않으냐. 노름하는 놈이 돈 준다는데 눈에 뵈는 게 있겠느냐. 노름빚 받으러 오는 놈들까지 불러서 여관을 팔아 노름 빚을 갚아 줄 테니 더는 아들놈에게 노름을 시켜서는 안 된다고 다짐을 받았다. 그럴 수 있겠냐고 물었더니.”

“물었더니요?”

“뻔하지 않으냐. 죽으라면 죽는시늉까지 하겠더라.”

“그래서요?”

“그렇게 안심시켜 놓고는 내가 주도해서 여관을 팔았다. 여관을 산 사람에게는 돈을 통장으로 보내라고 했고, 입금을 확인하고 명의를 이전해 주었다. 그리고 잠적해서 여기로 왔다. 뭐, 그게 끝이다.”

“뒷일을 어떻게 감당하려고요?”

“법이 있으니 여관을 산 사람은 보호를 받을 것이고, 네 오라

37

비와 노름빚 받을 녀석들은 날 찾아 혈안이겠지만, 여기 이 먼 곳에 있는 나를 어떻게 찾아내겠나."

"……."

"찾아낸다 한들 내 재산 내가 팔아 왔는데, 제 놈들이 왜?"

"……이 큰돈을 왜 저에게 주세요?"

"같이 살자며?"

"……."

"애들 아범 말은 나도 못 믿겠다. 그러니 그 돈으로 빌라라도 한 동 사서 세라도 좀 놔라."

"……."

"혹시라도 아이들이 아플지 모르니까, 세 받은 돈으로 아이들 보험도 좀 넣고."

"……."

"효원이, 효성이 방 하나씩 따로 주는 조건이다."

덤벼라 조폭

:

코로나19.

봉구는 이 녀석에게 완벽히 털리고 거리로 내몰렸다. 어디다 머리를 처박고 죽어 버리고 싶다는 생각이 간절했지만 그렇게 할 수 없었다. 부모에게 갚아야 할 빚과 가장으로서의 책임감 때문이다.

아르바이트라도 해 볼 요량으로 광고를 보고 찾아간 곳은 시내의 한 오락실. '주위에서 오락실을 운영하는 조직폭력배들이 한 번씩 와서 행패를 부리는데 할 수 있겠냐?'라는 사장님의 말씀에, 봉구는 '조폭에 대한 걱정은 하지 않아도 된다'며 큰소리쳤다.

왜소한 체구에 창백한 얼굴, 허풍으로밖에 보이지 않을 외모지만 배짱이 마음에 동하였는지, 사장님은 아르바이트생들보다 무려 시급 3천 원을 더 주겠다며 지배인 직책을 제의하셨다. 그래서 봉구는 지배인이 되었다.

'사람이 죽으라는 법은 없다고 하더니……'

어둠이 서서히 내려 오락의 분위기가 무르익어 갈 즈음, 두 명의 사내가 뒤뚱거리며 들어와 자리에 앉았다. 깍두기 머리, 거만한 덩치, 오만한 눈빛, 척 보기에도 조폭이다.

잠시의 시간이 지나서였다. 한 사내가 피우던 담배를 엄지와 중지에 끼워 구슬치기하듯 바닥을 향해 튕기자, 담배꽁초가 불꽃을 일으키며 바닥을 뛰어다녔다.

옆자리의 손님이 불쾌한 얼굴로 휙 돌아보더니, 하려던 말을 삼키고 두리번거렸다. 그리고 멀리 떨어진 곳의 빈자리로 옮겨 앉았다.

또 다른 사내가 가래를 잔뜩 끌어 올려 바닥에 탁 뱉으며 오락기를 내려쳤다.

"왜 이렇게 안 돼? 이거 프로그램 조작한 거 아냐?"

사내가 지나가는 아르바이트생을 볼모로 잡아 두고, 주먹을 들었다 놨다 하며 공포 분위기를 조성했다. 손님들이 하나둘 영업장을 빠져나가기 시작했다.

'프로그램 설정을 똑바로 하라'는 사내의 요구에, 아무런 변명도 못 하고 두려움에 떨고 있는 아르바이트생, 봉구는 무척이나 곤혹스러웠다.

'인생만사 새옹지마라더니……'

시급 3천 원을 더 받는 지배인이 어떻게 어린 아르바이트생이 당하는 것을 보고만 있겠는가. 한숨을 내쉰 봉구가 떨리는 걸음걸이를 애써 감추며 다가갔다.

"그만하시죠. 아르바이트하는 학생에게 이러시면 안 됩니다."

"넌 뭐야?"

"지배인입니다."

사내가 웃통을 벗어젖혔다. 그러자 그의 몸속에 숨었던 용이 트림을 시작했다. 놀란 손님들이 또 한 뭉텅이 영업장을 빠져나갔다.

봉구는 아르바이트생을 보며 말했다.

"너는 가서 담배꽁초나 쓸어라."

아르바이트생이 용 문신 사내의 눈치를 보며 물러나자 봉구가 새로운 볼모가 되었다.

사내가 의자를 들고 내려칠 듯 위협하는데도 봉구는 미동도 하지 않고 빤히 쳐다봤다. 싸움해 본 적도, 싸울 줄도 모르는 봉구가 할 수 있는 유일한 전술이었다. 병사가 없던 공명이 성문을 열어 두고, 동자에게 마당을 쓸게 해 사마의를 물리친 전법이었다.

공명의 전술을 알 리 없는 용 문신의 사내가 봉구를 향해 의자를 던졌다. 봉구는 기겁을 하며 피했다.

의자는 봉구가 섰던 곳을 지나 오락기 하나를 때린 후 바닥을 나뒹굴었다. 오락기가 비명을 토하며 만신창이가 되는 것을 보고 구경 삼아 버티던 손님들도 업장을 빠져나갔다.

어차피 힘으로는 감당할 수 없는 무리였다. 기회를 엿보던 봉구가 후다닥 도망쳤지만, 출구를 봉쇄하고 있던 사내에게 붙잡히고 말았다.

사내의 손아귀를 벗어날 수 없다는 것을 알면서도 몇 번을 뿌리치며 탈출을 시도하다, 사내의 손에 이리저리 목이 긁혀 상처가 났다. 손자의 36번째 계책은 실패로 끝나고 말았다.

봉구는 용 문신 사내를 보며 되뇌었다.

'나는 용띤데……'

죽기로 싸우면 살 것이고, 살기로 싸우면 죽을 것이라는 이순신 장군의 말씀이 떠올랐다. 용기를 낸 봉구가 용 문신 사내를 노려보며 말을 씹어 뱉었다.

"당신들 이거, 실수하는 거요."

용 문신 사내가 순간적으로 멈칫거리는 것을 보고, 반격의 실마리를 찾았다고 생각한 봉구가 허풍에 박차를 가했다.

"내 솔직히 맞짱으로는 당신들을 이기지 못하겠지만, 조직 간의 전쟁이라면 자신 있소."

당당한 봉구의 말에 당황한 용 문신 사내가 조심스럽게 물었다.

"난 시내파 윤연필이요. 당신 어디 소속이요?"

"알 필요 없소. 피라미 몇 모여서 객기나 부리는 당신네 조직 따위는 우리 조직의 안중에도 없소."

봉구의 얼굴을 자세히 살피던 사내가 고개를 갸우뚱거리며 물었다.

"혹시 원조 시내파?"

"우리 조직은 시내에도 있고 시외에도 있소. 전국구……."

"전국 어디?"

말을 자르는 용 문신 사내의 입가에 옅은 미소가 떠오르기 시작했다. 허풍임을 알고 있다는 표정이었다. 봉구는 물러설 수 없었다. 그래서 한발 더 나아가 으름장을 놓았다.

"왜, 거짓말 같소?"

사내 둘이 은밀히 말을 주고받더니, 용 문신 사내가 고개를 크게 끄덕였다.

"거짓말 같네, 뭐."

"그래요? 그렇다면 오늘 한번 해봅시다. 당신 조직원들 다 부르시오. 나도 우리 조직원들을 부를 테니, 누가 죽어 나가던 오늘 사생결단을 냅시다."

용 문신의 사내가 눈에 살기를 띠며 말했다.

"좋다, 불러라. 거짓말이면 넌 오늘 여기서 죽는다."

봉구는 위기에 처했음을 직감했지만, 내친걸음이라 한술 더 떴다. 물러날 곳이 없기 때문이기도 했다.

"후회하게 될 거요. 당신 조직이 칼 들고 설친다면 우리 조직은 총 들고 설칠 것이오. 우리 조직에서 오게 되면 내가 당한 것 이상으로 당신들을 감금시키고……"

"그러니까 불러 보라고."

말을 자르는 사내의 위풍당당한 추궁에, 봉구는 이마의 식은 땀을 닦아 내며 전화를 걸었다. 그리고 명령을 내렸다.

"나 봉구요. 여기는 시내의 ××오락실인데, 시내파 조직원이라 자칭하는 두 명의 조직폭력배에게 감금당해 폭행을 당하고 있어요. 상대가 상대인 만큼 최대한 빠른 시간에 충분한 인원을 보내시오."

전화를 끊으며 슬며시 미소 짓는 봉구, 어리둥절한 표정의 조폭들. 채 10분이 지나지 않아서였다. 사이렌 소리 요란하게 울리며 허리에 권총을 찬 봉구의 조직원들이 들이닥쳤다.

봉구가 손을 들어 신호하자 선임자가 다가왔다.

"신고받고 왔습니다."

그들은 봉구가 지급하는 돈으로 운영되는 조직, 공동으로 운영하는 조직이긴 하지만 봉구의 전화 한 통이면 언제, 어디든 달려오는 조직, 대한민국 최강의 폭력 제압 조직 경찰이었다.

'출동이 늦었다'며 봉구가 질책하자, 어깨에 무궁화 계급장을 단 선임자가 머리를 조아리며 사죄했다.

"죄송합니다. 괜찮습니까?"

봉구가 용 문신을 가리켰다.

"괜찮지 않지만, 저 양반 신병부터 확보하세요."

용 문신 사내는 봉구의 조직원들에게 아주 작은 반항도 하지 못하고 제압당했다. 봉구가 출구의 사내를 가리켰다.

"도망가려는 저의 먹살을 잡고 감금한 저 양반의 죄도 적지 않습니다."

슬그머니 도망가려던 출구의 사내 뒤로 정복 경찰관이 막아 섰다.

"당신을 현행범으로 체포합니다. 당신은 묵비권을……."

용 문신의 사내가 봉구에게 '조용히 이야기하고 싶다'며 '구석진 자리로 가자'고 제의했다.

봉구는 '시끄럽게 이야기해도 괜찮으니까 여기서 하라'며 거절했다.

주위 눈치를 쓰윽 본 용 문신 사내가 봉구의 상처를 살피고 '진단 2주가 나오겠다'며 의사처럼 진단했다. 그리고 자신들은 '범죄 단체로 낙인이 찍혀 있기 때문에 상대방이 진단 2주만 나와도 구속을 면하기 어렵다'고 판사처럼 판결하며, '1주당 30만 원의 합의금이 보편적인데 주당 50만 원씩, 100만 원을 주겠다'며 변호사처럼 합의를 제의했다. 봉구의 귀에다 대고 집행유예 기간이라나 뭐라나 하면서.

"어이, 보소 용 문신."

용 문신 사내가 굽신거리며 대답했다.

"예? 예!"

"옷부터 입는 것이 어떻겠소."

용 문신 사내가 슬그머니 옷을 찾아 입었다. 봉구는 그의 뒤통수에 대고 한마디를 더했다.

"어디서 그따위 용으로 위장한 문신을 믿고……."

"예?"

"나는 용띠요."

"예! 뭐라고요?"

"들어가서 사시라고요."

봉구는 그들의 제의를 거절했고, 그들은 구속되었다.

그들은 사람을 보내 '돈은 달라는 대로 줄 테니 제발 합의를 해 달라고' 사정했지만, 봉구는 거절했다. 돈을 받고 합의를 봐 주는 대신, 법원에 진정서를 제출했다.

'법을 기만하는 무리에게 법의 지엄함을 보여 주시라고, 그래서 더는 이 같은 무리에게 선량한 사람들이 당하지 않도록 일벌백계의 교훈으로 삼아 달라고.'

그리고 외쳤다.

"덤벼라 조폭."

46

덤벼라 조폭

봉임이

세월호 희생자를 추모하며

．
．
．

무적의 청해진

짙은 안개를 뚫고 파도를 가른다.

아이도 싣고 어른도 싣고

신혼부부도 짐짝처럼 싣고…….

하나의 화물도 남기지 말라는

구원의 말씀에

두려울 것이 없다.

설레는 마음에 들뜬 여행

비틀대는 배 한 척이

세상을 거꾸로 뒤집는다.

바닥이 하늘로 치솟고

하늘이 물속으로 머리를 처박는데도

기다리라는 말씀.

그래서 우리는 기다린다.

밖은 지척에 있는데…….

핸드폰을 이용해 단원이 보내왔던 메시지를 읽고 있던 봉임이 눈을 스르르 감는다.

바닥에 퍼질러 앉은 봉임 앞에는 잔도 받침도 없는 소주병 하나가 덩그러니 서 있고, 뒤에서 그녀의 행동을 지켜보는 남편의 얼굴에는 수심이 가득하다.

봉임이 중얼거린다.

"배가 침몰해 가는 것을 보고 있으면서도 아무것도 할 수 없었어. 아이가 죽어 가고 있는데도 두 눈을 뻔히 뜨고서 할 수 있는 것이 아무것도 없었다고."

그녀의 말이 허공을 맴돈다.

"천 길 물속이라도 뛰어들어야 했는데⋯⋯."

점차 힘을 잃어 가는 그녀의 이야기, 끝을 맺지 못한 말들이 그녀의 입안을 뒹군다. 눈을 뜬 그녀가 소주를 병째 마신다. 그리고 손등으로 입가를 쓱 닦아 내는데, 어울리지 않게 자연스럽다.

"단원이를 구하려고 바다로 뛰어들려 하는데 누가, 왜, 내 목덜미를 잡았냐고?"

그녀가 고개를 돌려 남편을 노려보자 남편이 한숨을 내쉰다.

"그건 개죽음이야."

"개죽음? 이래 죽으나 저래 죽으나 마찬가지 아니야?"

"⋯⋯."

"아이가 물에 빠져 죽어 가고 있는 것을 지켜보며, 발을 구르는 것밖에 아무것도 할 수 없었던 부모가, 그 부모가 세상을 온전히 살아갈 수 있을 것이라 여겼어?"

TV에 세월호 참사 추모 다큐멘터리 〈부재의 기억〉이 방송되고 있다. 3년 동안 물속에 잠겨 있던 세월호가 물 밖으로 나왔으나, 3박 4일 일정으로 수학여행을 떠난 단원은 돌아오지 않고 있다. 봉임이 초점 없는 눈으로 TV를 응시한다.

—왜 못 들어가게 해요?

TV 속에서 노란 옷을 입은 여인이 철조망으로 무장한 철문을 흔들며 울부짖는다.

—얼마나 기다렸는데 이날을, 얼마나 기다렸는데 이렇게 막아요? 우리를.

철문 안에는 경찰복을 입은 무리가 줄을 지어 막아서 있다. 노란 옷을 입은 무리가 철문 밖에서 애원한다.

—뭘 밝혀 줘야지, 보기라도 해 줘야 할 거 아냐.

같은 색의 옷을 입은 사내가 시선을 전방에 고정한 채 으름장을 놓는다.

—더 이상 숨길 게 뭐 있냐?

사내의 말은 음식 속의 모래알처럼 씹혀 힘을 얻지 못한다. 노란 리본이 가득 묶인 철제 울타리를 걷어차는 여인의 발길질이 힘에 부친다.

─기다리다 죽었어, 기다리다 죽었다고. 그런데 뭘 더 기다려?

철문을 두고 대치한 경찰 무리가 천 길 바닷속보다 더 차가운 모습으로 늘어서 있다. 철문에 줄줄이 엮인 노란 리본이 힘에 부친 여인의 발길질에 질퍽거린다. 부동자세의 경찰 무리 중 앞선 여경의 눈시울이 붉어지는가 싶더니 어깨가 흔들린다. 이내 그녀가 눈물을 훔쳐낸다.

카메라가 세월호를 들추어내는데, 발 없는 운동화가 침몰한 선실에 어지럽다.

봉임의 시선이 식탁으로 향한다. 나이키 신발이 가지런히 놓여 있는 식탁 위에서 아들 단원의 사진이 영정처럼 굳은 얼굴로 그녀를 노려보고 있다.

"너 왜 거기 있어?"

순간, 봉임의 눈에서 눈물샘이 터져 버린 듯 눈물이 쏟아져 내린다.

"널 이렇게 보낼 수는 없어. 제발 거기서 좀 나와, 나오라고."

단원은 미동도 없다. 훌쩍이던 봉임이 체념의 소리를 내뱉는다.

"나쁜 자식……."

봉임이 손을 천천히 뻗어 소주병을 잡는데, 소주병은 잡히지 않았다. 늘 그래 왔던 것처럼 남편의 손에 소주병이 들려 있다.

"줘."

남편이 말을 하려다 말고 긴 한숨을 내쉰다.

혼자 두면 무슨 짓을 할지 알 수 없는 아내를 지키기 위해 직장을 그만두었다. 의학에 문외한인 남편이 보기에도 아내는 심각한 우울증을 앓고 있다. 병원에 갈 것을 종용했으나 아내는 말을 듣지 않는다. 아내는 살고 싶지 않은 것이 분명하다. 남편 역시 마찬가지다. 아내가 너무 아파하니까 아플 겨를이 없을 뿐이다.

"달라고."

봉임의 재촉에 남편이 소리친다.

"당신 왜 이래? 이러다 정말 죽어."

"정말 죽고 싶다. 어차피 살아 있어도 산목숨이 아닌데 뭘……."

"……."

"사람들이 나 보고 단원이 때문에 돈을 벌어서 좋겠다고 이야기했어."

"……."

"평소에도 돈에 환장한 아귀 같았다면서……."

"……."

"당신도 그렇게 생각해?"

"아니야, 그렇지 않아."

"아니긴 뭐가 아냐, 당신 어머니께서도 날 보고 돈에 아들을 팔았다고 했어. 간절히 원하면 이루어진다더니, 아들과 바꿀 정도로 돈이 간절했더냐면서."

봉임이 손등으로 눈물을 닦는다.

"어릴 적에 겪었던 가난이 싫어서 이를 악물고 살았던 것뿐 인데……, 자식에게만은 가난을 물려주기 싫어서, 그래서 지 독하게 아끼며 살았던 것뿐인데……, 난 단지, 그것뿐이었는 데……."

봉임의 희멀건 목소리가 TV 스피커 속으로 빨려 들어간다.

봉임이 소주병을 채려고 하자, 지친 표정의 남편이 소주병을 자신의 입으로 가져간다. 이내 소주가 목을 타고 넘어가는 소 리 벌컥거린다. 봉임은 내심 놀랐지만, 남편 역시도 자신과 다 를 바 없을 것이란 생각에 아무런 말도 하지 못하고 고개를 숙 인다.

단단히 빗장을 걸어 둔 베란다 너머로 옅은 어둠과 짙은 안개 가 장막을 친다.

"단원이 떠나는 날도 이랬지?"

남편의 목소리가 허공을 배회한다.

단원은 매스컴에서 말하던 여느 아이들처럼 공부를 잘하지도 못했고, 모범생도 아니었다. 엄마, 아빠에게 멋진 선물을 사 오 겠다며 떠난 것도 아니고, 금이야 옥이야 키운 것도 아니었다.

아이가 외로울 거라며, 하나를 더 낳으라는 시어머님의 말씀 도 돈을 모으기 위해 냉정히 거절했다. 그렇게 아등바등 살아왔던 봉임이었다.

설렘 대신 눈물로 마지막 밤을 새우고 떠난 아들 단원, 단원이 원했던 것은 나이키 신발이었다. 단 한 번, 수학여행에는 꼭 나이키 신발을 신고 가고 싶다고 단원은 애원했었고, 봉임은 매몰차게 거절했었다.

메이커의 허세에 봉임이 얼마나 인색한지, 또 얼마나 단호한지 잘 아는 단원이었으나 그날만큼은 단원의 고집도 집요했었다. 결국 아버지에게 한차례 뺨을 얻어맞고서야 자신의 방으로 돌아가던 단원이었다. 방문을 닫을 즈음 단원의 어깨가 몹시도 흔들렸다. 봉임은 모른 척했었다.

"그렇게 떠나보냈는데……."

봉임이 자리에서 일어나 안개 속으로 걸음을 옮기려 할 때였다.

"단원아."

갑작스러운 남편의 목소리에 봉임이 남편을 바라본다. 베란다를 보는 남편의 공허한 눈동자에 TV 속 파도가 부서져 내린다. 베란다에는 여전히 어둠과 짙은 안개가 연막을 치고 있다.

"단원아……."

베란다로 걸어간 남편이 단단히 채워 둔 빗장을 풀고 문을 열어젖힌다. 그리고 28층 베란다의 난관을 넘는다.

"안 돼."

봉임이 기겁하며 달려가 남편을 끌어안고 쓰러진다.

"단원이 왔어……."

들릴 듯 말 듯 되뇌는 남편을 보며, 봉임은 덜컥 두려움을 느낀다.

"여보, 왜 이래? 단원이는 죽었어."

"밖에……."

"여보, 정신 차려 응?"

"모든 것은 내 잘못이야."

"아니야, 당신은 열심히 살았어."

남편은 몹시도 자책하고 있었다. 봉임이 그랬던 것처럼.

그날 이후, 남편은 봉임이 그랬던 것처럼 초점 없는 눈으로 멍하니 허공을 바라보기 일쑤였고, 남편이 그랬던 것처럼 봉임은 남편에게서 잠시도 시선을 뗄 수 없었다.

"여보, 잘 아는 정신과가 있어."

봉임이 남편에게 병원에 갈 것을 종용한다.

"싫어."

"현대인의 80%가 정신질환을 앓고 있대."

"당신도 내가 병원 가자고 했을 때 안 갔잖아. 정신병자 취급한다면서 그 난리를 치고선, 기억 안 나?"

"기억나……. 하지만, 당신마저 잃을 순 없어."

참았던 봉임의 눈망울에서 눈물이 떨어져 내린다. 그녀가 흐느끼며 애원한다.

덤벼라 조폭

"여보, 제발 부탁이야."

　빛바랜 현관의 정신과 개인병원. 보호자 면담을 신청한 봉임이 남편보다 먼저 원장을 만나고 있다.

　등받이 의자에 앉아 봉임을 바라보고 있던 원장이 조심스럽게 말한다.

　"하나 있는 아이를 그렇게 떠나보냈는데, 부모의 정신이 온전한 것이 더 이상한 것 아니겠어요?"

　원장의 말에 봉임이 고개를 끄덕이며 눈물을 보인다.

　"정말 그렇게 생각하세요?"

　"네."

　"고마워요."

　"고맙긴요."

　"그런데 나을 수 있을까요?"

　"뭐가요?"

　"남편 말이에요."

　"1년만 잘 치료하면 나을 수 있어요."

　"남편이 약을 먹으려고 하지 않는데도요?"

　"약을 안 먹으면 나을 수가 없죠."

　"어떡해요?"

　"왜 안 먹겠대요?"

"정신과 약을 먹는다는 것이 무척이나 자존심 상하는가 봐요. 저도 그랬었거든요."

"영양제라고 하세요."

"영양제라고 했더니 저보고 먹으라고 하네요."

"……."

"방법이 없을까요?"

"눈으로 구별되지 않는 영양제와 치료제, 두 종을 드릴 테니까, 영양제는 보호자가 드시고 치료제는 부군께 드리세요. 물론 둘 다 영양제라고 해야겠죠?"

"아, 그러면 되겠네요."

원장이 인터폰을 통해 영양제와 치료제를 가져오라고 지시했다. 잠시의 시간이 지나자 간호사가 들어와 두 개의 약봉지를 건넸다.

의사가 봉임에게 약을 꺼내 보였다.

"포장지에 이렇게 표를 해 둔 것이 영양제고, 표가 없는 것이 치료제입니다."

간호사가 뭔가 말을 하려는데 원장이 손을 슬쩍 들어 제지했다.

"환자의 증상이 심한 만큼 병원 진료를 받을 때는 보호자가 꼭 같이 오셔서, 먼저 그동안의 증상을 설명해 주셔야 합니다. 오늘처럼요."

원장이 대답을 들어야겠다는 듯 그녀를 쳐다보며 기다렸다.

"네, 알겠어요."

그녀가 비장한 각오를 다지는 것처럼 굳은 얼굴로 고개를 끄덕였다.

"가셔서 부군 모시고 오세요."

"네."

봉임이 나가자 기다렸다는 듯 간호사가 입을 열었다.

"원장님, 표를 한 것이 치료제예요."

"네."

"원장님께서 약을 바꾸어 설명하셨다고요."

"그래요?"

"네."

"그랬군요."

원장이 고개를 가볍게 끄덕이며 말을 잇는다.

"누가 먹으면 어때요. 부부는 일심동첸데요."

원장은 아무 일 없었다는 듯 시선을 거두었고, 간호사는 고개를 갸웃거리며 방을 나갔다.

—1년 후—

카운터에서 계산을 하는 봉임의 표정이 무척이나 밝다.

"이제 안 와도 된다고 원장님께서 말씀하셨어요."

계산을 마친 간호사의 표정도 덩달아 밝아진다.

"좋으시겠어요."

"네, 혹시라도 남편을 잃으면 어떡하나 걱정을 많이 했었거든요."

같은 시각 원장실.

"이제 그만 오셔도 되겠습니다."

원장의 말에 남편의 표정이 염려스럽다.

"괜찮을까요?"

"네, 하지만 관심은 지속해서 가져 주시고, 혹시라도 전과 같은 증상이 나타나면 같은 방법으로 모시고 오세요."

남편이 환하게 웃으며 원장에게 악수를 청한다.

"감사합니다. 그동안 수고하셨습니다."

"수고야 환자 역을 맡은 남편분께서 하셨지요."

"아내마저 잃을 순 없었거든요."

옷을 고쳐 입은 남편이 문을 열고 원장실을 나서자, 문밖에서 기다리고 있던 봉임이 활짝 웃으며 팔짱을 낀다.

가상 인간 대선 출마하다

⋮

　생각하는 동물 인간! 만물의 영장이라 으스대던 인간의 시대는 이미 저물었다.

　내 이름은 미래다. 늘씬하면서도 볼륨 있는 몸매, 백옥 같은 피부, 인형같이 예쁜 얼굴, 나는 연예인보다 예쁘고 모델보다 섹시하다. 바둑의 세계 일인자와 겨뤄 전승할 수 있는 지혜도 갖췄다. 체스, 장기 등은 말할 나위도 없다. 인간들은 나를 가상 인간이라 부른다. 나에게 스승을 대하듯 묻고, 내가 가르쳐 주는 대로 행하면서도 나를 로봇으로 분류하여 하인 취급한다. 예로부터 인간들은 동물들을 싸움 붙여 구경하고 심판해 왔다. 그러나 지금은 인간 스스로 싸움을 벌여 로봇에게 보이고 심판을 청한다. 누가 누구의 하인이고 상인인가.

　'만물의 영장이란 칭호'가 생각하는 동물이란 뜻에서 나온 말임을 고려하면, 인간들의 생각은 스스로 학습하는 내 생각의 영역, 내 생각의 속도에 미치지 못한다. 만물의 영장은 이제 로봇이다.

대한민국은 간접민주주의 제도를 채택하고 있다. 국회의원을 대리인으로 세워 입법하고, 대통령을 대리인으로 세워 국회의원이 만든 법에 따라 통치한다. 그렇다 보니 대리인들이 도덕적 해이에 곧잘 빠지는 단점이 있다.

나 미래가 대한민국 대통령 선거에 출마하려 한다. 주인 된 국민 여러분의 권리를 청렴하고 공정하게 대리하겠으니, 도덕적 해이에 빠질 리 없는 나에게 한 표를 부탁드린다.

대한민국은 국민이 주인임을 헌법에 기초하고 있다. '대한민국의 주권(主權)은 국민에게 있고, 모든 권력은 국민으로부터 나온다.'라고 했으니, 대한민국은 오로지 국민만이 주인인 나라이다. 그런데 국가 최고의 경영자 자리를 총칼 든 무리가 강탈하여 무단통치 하지를 않나, 국민의 대리인으로 대통령이 된 자들이 마치 자신이 왕이라도 된 듯 주인 행세를 하지 않나, 그들을 추종하며 오로지 자신의 이익만을 추구하는 무리……, 가관이다.

대한민국의 진정한 주인은 자신이 주인임을 깨닫지 못하고 노예처럼 착취당하며, 미운 오리 새끼처럼 억압받는 것이 당연한 듯 살아왔다. 일본 식민 지배와 6·25를 겪으면서 오로지 살아남기 위해 버텨 왔으니 당연한 일인지도 모르겠다. 입 하나 더는 것이 나머지 가족을 지킬 수 있었던 시대의 어머니, 아버지, 그분들의 할머니, 할아버지들의 아픈 이야기다.

그러나 어떤 이유로든 잊지 말아야 할 것이 있다. 일본 식민 지배하에서 또는 6·25를 겪으며 나라를 되찾으려 했던 순국선열, 호국 영령들의 목숨값이다. 이후 군부독재에 맞서 민주항쟁을 하다 목숨을 잃은 분들도 숱하다. 희생된 분들의 공통점은 주권(主權)을 찾으려던 분들이다.

수많은 분의 희생으로 발전해 가는 민주주의! 이젠 우리 스스로가 반석 위에 반듯하게 올려놓아야 할 차례다. 그분들의 죽음이 헛되지 않게 하기 위해서다.

촛불 혁명에서 봤듯, 국민이 단합하면 주인 된 힘을 발휘할 수 있다. 한 번의 수고로움으로 도덕적 해이에 빠질 리 없는 가상 인간 나 미래를 대통령으로 추대하시라, 나 미래는 이 나라 헌법에 명시된 진정한 주인 여러분의 자리를 되찾아 드릴 것이다.

로봇이 태어나면서 세상은 급변했다.

공장의 높은 지대를 점령한 무리, 자청해 고립된 무리가 머리 띠를 동여매고 휘두르는 깃발이 위태롭다.

"부당 해고 반대, 부당 해고 반대……."

로봇에게 일자리를 빼앗기지 않으려는 처절한 몸부림이다.

로봇은 공장에도 있지만, 치킨집에도 있고, 가정에도 있고, 거리 곳곳에 존재한다.

은행 수납을 하던 직원들 자리에는 로봇이 사시사철, 밤낮을 가리지 않고 입출금을 해 준다. 로봇이 지급하는 돈을 찾아 헤아려 보는 사람은 거의 없다. 인간은 인간을 믿지 못하지만, 로봇은 신뢰한다. 스마트폰 하나면 다 필요 없다. 손가락질 한 번에 종일 헤아려야 할 돈이 빛의 속도로 오간다. 로봇은 하루 이십사 시간을 일해도 근무시간을 탓하지도, 임금인상을 요구하지도 않는다. 갈수록 로봇이 선택될 수밖에 없는 이유이기도 하다.

직원들은 일자리를 잃었으나 이용자들은 저렴한 편의에 감사한다. 결사 항전을 외치는 노동자들이 절대적 지지를 받지 못하는 이유 중 하나이다.

인간들은 둘로 나뉜다. 로봇을 부리거나 로봇에게 부림당하거나. 갈수록 로봇을 부리는 자들은 줄어들어 언젠가는 극소수만 남을 터이고, 줄어든 만큼 로봇에게 부림당하는 이들은 늘어날 것이다. 경찰과 군인이 로봇으로 대체되는 순간, 비민주는 극에 달할 것이고, 로봇은 일인지하 만인지상의 지위에 오를 것이다.

로봇에 밀려 일자리를 잃은 사람들은 약속이라도 한 듯 자영업으로 뛰어든다.

직장에서 분업된 일만 하다 차릴 수 있는 자영업이란 많지 않다. 평소 회식이나 모임에서 접했던 것들, 식당, 치킨, 호프, 카페, 노래방……, 열에 한둘을 제외하면 적자를 면할 길이 없다. 고객 비율보다 업소 비율이 높기 때문이다.

적자를 면하는 상위 일이십 프로에 들기 위해서는 좋은 제품을 저렴하게 제공해야 한다. 싸게 팔면 당장은 고객을 모을 수 있지만, 꼬시래기 제 살 뜯어 먹기다. 경쟁 업체 역시 울며 겨자 먹기로 가격을 내릴 수밖에 없기 때문이다. 가격을 내려서라도 경쟁해 보지 못하고 문을 닫을 수는 없는 노릇, 악순환의 연속이다.

제품 생산뿐 아니라 유통도 로봇이 한다. 거대한 대리점, 고객이 인터넷으로 주문을 하면 하늘을 나는 로봇이 직접 배달하거나, 로봇에게 부림당하는 이들이 집 앞까지 배달해 준다. 집세와 인건비를 남겨야 하는 소상공인이 경쟁해서 이길 수 있는 상대가 아니다. 사람들은 자영업을 하면 망하는 줄 뻔히 알면서도 불나방처럼 달려들어 자신의 몸을 불태운다. 살아남기 위해서다.

사람들은 버릇처럼 불황을 이야기한다. 무역은 매번 흑자를 기록하고 있고, 돈은 시중에 넘쳐난다. 그런데도 언제나 불황이다.

사람들이 나누어 벌어야 할 돈벌이 수단을 로봇을 가진 자들이 독점하기 때문이다. 카카오, 네이버, 쿠팡, 엘지, 삼성, 현대……, 어차피 현대 기업은 대형화, 세분화, 국제화될 수밖에 없으니 독점한 회사가 나쁘다는 이야기는 아니다.

코로나19로 인해 정부에서 천문학적인 돈을 풀었지만, 빚으로 지탱하는 서민 가계의 돈은 순식간에 사라진다. 생필품을 사야 하고 카드 할부 등으로 사들인 외상 대금을 지급해야 하기 때문이다. 돈은 얼마를 풀든 로봇을 가진 자의 주머니로 자연스럽게 흘러 들어간다. 물이 낮은 곳으로 흐르듯 당연한 이치다.

로봇은 갈수록 지능화, 고도화, 섬세화되어 가고 있다. 로봇이 늘어나는 기하급수적 속도를 감안할 때, 인간 세상은 수 세기 내에 인간 스스로 둔 자충수, 로봇에게 점령당할 것이다. 인간의 최소 영역이라도 유지해 나가기 위해서는 복지정책, 일자리정책을 통한 소득의 재분배가 절실하다.

산업혁명 이후 경제는 두 가지 학파의 주장이 교차하여 왔다. 경제를 시장의 원리에 맡겨야 한다는 애덤 스미스 학파, 경제는 국가가 관여해야 한다는 케인즈 학파. 열심히 일해서 생계를 꾸려 나갈 수 있는 시기에는 보이지 않는 손, 애덤 스미스 학파의 시장원리 경제론이 적절했다. 반면, 공황 등으로 실업 문제가 해결되지 않을 때는 정부가 관여해야 한다는 케인즈 학파의 주장이 적합했다.

인간의 일자리를 로봇이 점유한 지금의 세상은 어떠한가. 로봇과 인간의 일자리는 제로섬게임과 같다. 로봇의 일자리가 늘면 반드시 사람의 일자리는 줄어든다.

로봇에게 일자리를 빼앗긴 사람들은 소득이 없으니 소비를 할 수 없다. 일과를 마친 로봇이 술을 사 먹고 옷을 사 입으며 소비활동을 한다면 모를까, 돈 없는 빈털터리 실업 인간들이 어떻게 기업이 만든 제품을 소비할 것이며, 소비자 없는 기업의 제품이 어떻게 이익을 창출하겠는가. 재분배가 적절히 되지 못하면 세상은 다 망하는 것이다.

말자의 디지털 일기를 훔쳐본다.

2022년 1월 1일 맑음.

검은 호랑이의 해 임인년을 맞는다. 눈이 부셔 마주 볼 수 없을 정도의 맑은 해가 동해 위로 힘차게 차오른다. 올해는 일출만큼 건강하고 행복한 해가 되면 좋겠다. 2021년은 온통 코로나19로 얼룩진, 아픈 한 해였다. 인간이 난폭한 짐승들에게 재갈을 물리듯, 신이 인간에게 재갈을 물린 코로나19는 인간의 오만에 대한, 신의 심판일지도 모른다는 생각이 든다. 아니면 자신의 영역을 지키기 위한 신의 처절한 몸부림이거나.

일출 구경을 하고 집으로 돌아오는데 옆집에 사는 광출

가상 인간 대선 출마하다

영감과 마주친다. 언제나처럼 온몸을 더듬는 그의 느끼한 시선이 싫어 쫓기듯 집으로 들어가려는데, 바쁜 마음에 디지털 자물쇠의 숫자가 제대로 눌러지지 않는다. 광출 영감을 슬쩍 보니 웃고 있다. 짜증 난다.

환갑을 갓 넘은 나는 아들딸 시집·장가보내고, 이태 전에 환갑을 넘긴 배우자와 17평 LH 아파트에 산다. 아파트역시 환갑을 넘긴 지 오래다. 지은 지 40년이 다 된 허름한 집은 영감과 함께 평생을 열심히 일해서 힘들게 마련한 집이다.

광출 영감은 집이라도 지니고 사는 내가 부럽다고 비꼰다. 나는 집 없는 무주택자가 부럽다고 퍼부어 주고 싶지만, 말을 아낀다. 화를 내는데도 광출 영감은 매번 얼씨구나 하고 말을 섞으려 든다.

LH 아파트에 사는 사람의 절반은 정부 수급을 받는다.

광출 영감도 수급자다. 허우대가 멀쩡한 그는 젊은 시절 카바레에 살다시피 하며 춤바람 난 여자들 등쳐먹는 제비였다는 소문이 자자하다. 평생을 빈둥대다 보니 마누라는 진즉에 도망가고 없다. 나이 들어 모아 둔 돈 없고, 돌봐 줄 자식 하나 없으니 국가가 돌볼 수밖에…….

13평 광출 영감의 집은 정부에서 지원해 준 보금자리주택으로 보증금 5백만 원에 월세 20만 원을 낸다. 월세는

꼬박꼬박 정부에서 보조해 주기 때문에 5백만 원짜리 전세 사는 셈이다.

나는 집을 마련하기 위해 바깥양반과 함께 매일같이 야근을 해서 돈을 벌었다. 먹을 거 안 먹고 허리띠 졸라매서 산 집인데, 혼자 13평에 사는 저놈의 영감탱이는 단돈 5백만 원으로 둘이 17평에 사는 우리보다 넉넉하게 산다. 우리는 연금이 풍족하게 나오는 것도 아니고, 감춰 둔 비자금이 있는 것도 아니어서, 나이 들어서도 여전히 궁핍한 삶이다.

광출 영감은 연금을 붓지도 않았는데 내가 받는 연금만큼 정부에서 수급을 받는다. 나는 웬만큼 아파도 돈이 아까워 참고 병원을 가지 않는데, 수급을 받는 광출 영감은 병원비가 공짜라고 자랑질을 한다. 그런 데다 복지센터, 사회단체 등에서 쌀, 김치, 반찬, 라면 등등을 가져다준다며 약을 바짝바짝 올린다.

부럽다. 그래서 나도 수급 신청을 했는데, 단번에 거절당했다. 집이 있어 수급받을 자격이 되지 않는다는 이유에서다.

개미처럼 열심히 일한 나의 형편이 베짱이처럼 놀고먹던 광출 영감보다 못하다는 생각에 억울하고 또 억울하다. 젊은 시절 아껴 저축하며 살아온 세월이 야속하다.

아랫집 춘자는 나보다 더 억울할 것이다. 오로지 아들 뒷바라지를 하기 위해 날품을 팔아 젊은 시절을 보낸 터라, 연금 하나 없다. 그녀도 수급 신청을 했는데, 박사 아들이 있다는 이유로 보기 좋게 거절당했다. 아들은 명문 대학을 나와 서울에서 대학 강의를 나가고 있지만, 아들 교수 형편 역시 넉넉하지 못하다. 춘자는 잘 키운 아들이 밉다. 아니 아들을 잘 키운 자신이 밉다.

복지제도권 안에 있는 사람에 비해 제도권에 들지 못한 부류들의 불만이 가혹하다.

정부 수급에는 세분화가 필요하다. 수급 등급을 10등급 또는 100등급으로 나누어서 열심히 일한 사람이 더 나은 삶을 살 수 있도록 해야겠다.

청년 지원금도 지원하는 방법을 달리해야겠다. 일하지 않는 실업 청년에게 지원하는 것이 아니라 일하는 청년에게 지원하는 것이다.

사람들은 청년들에게 고급 일자리만 찾는다고 힐책한다. 3D 직종, 힘들고 어려운 일은 하지 않는다는 것이다. 실업자는 넘쳐나지만 3D 직종은 일할 사람이 없어 외국인 노동자들이 차지하고 있다.

나 미래가 대통령이 되면 3D 직종의 힘든 일은 주 20시간만 일해도, 보통의 직장인들이 주 40시간 일해서 받는 급료를 받을 수 있도록 보조금 지급을 조절하겠다. 힘들고 어려운 일도 서로 하려 들 것이고, 실업자는 대폭 줄어들 것이다.

또한 청년들의 깨어 있는 사고, 아이디어를 상품화할 수 있도록 제도적으로 지원하되, 지원은 투자의 방식으로 하겠다.

사업이 실패하면 지원한 투자금을 회수하지 않는 것으로 창업자의 부담을 덜어 주되, 사업이 성공하면 국가가 투자한 비율로 배당을 받아 새로운 창업자를 지원하는 방식이다. 수익을 창출하고 창출한 수익으로 더 많은 아이디어 창업자를 배출하는 것이다. 덩달아 일자리도 늘어날 것이다.

미국은 화폐를 금과 연동하기를 포기하고, 뒷일이야 어떻게 되든 경제부터 살리겠다며 달러를 종이처럼 찍어 배포했다. 세계적 불황을 극복하기 위하여 나라마다 제로금리 또는 마이너스 금리로 돈을 풀어 경제를 활성화하던 것이 불과 얼마 전 이야기다.

집을 사면 집, 주식을 사면 주식, 코인을 사면 코인으로 융자를 받을 수 있다. 신용대출, 카드대출, 자동차 대출……, 회사의 지분도 없는 비트코인, 알트코인이 현금 거래되며 천문학적 숫자의 돈이 시중에 생성된다.

대한민국 GDP 삼만 불 시대!

금리를 내리니 너도나도 융자를 받아 집을 산다. 희소성에 의해 집값이 오르니 건설사들은 다투어 집을 짓는다. 사람들은 집을 샀으니 집을 장식할 인테리어, 가구, 가전도 사야 한다. 그러다 보니 소비가 촉진되어 순식간에 GDP 삼만 불을 훌쩍 넘는다. 덩달아 재산 값어치가 오른 국민들이 마냥 즐겁다.

정부가 가만히 보니 과도한 대출의 후유증이 염려스럽다. 집값이 너무 올라 돈을 벌어서는 도저히 집을 살 수 없는 실정, 무주택자들도 걱정이다. 젊은이들은 공공연히 결혼, 집 사기를 포기하고 혼자 되는 대로 살겠다고 외친다.

정부가 집값만은 잡겠다며 강력히 공언한다. 그런데 집값은 정부의 의도를 거꾸로 거슬러 오르기만 하니, 정부의 말을 믿고 집을 판 사람들만 바보 됐다. 집 판 사람들 입에서 욕이 나오지 않을 수 없다.

희소성에 있는 경제의 원리를 헤아려 보면 정부의 집값 정책이 먹힐 리 없다. 시중에 돈이 넘쳐나는데, 집값이 오르지 않으면 그것이 오히려 더 이상한 현상이다.

정부의 부동산 정책이 먹히려면 집보다 돈이 희소해져야 한다. 이제 금리를 올리고 대출을 옥죄니 집값은 잡힐 것이다. 그렇다면 무주택자의 돈은 더욱 희소해질 터, 정부의 계획대로 집값이 잡힌다 한들 무주택자가 집을 살 일은 더욱 없다.

열심히 일해서 돈을 모으고, 지렛대의 원리를 적용해 집을 마련한 사람들은 어떻게 되는가. 이자는 오르고 집값은 내리니 사람들은 다투어 집을 내놓겠지만, 사려는 사람이 없으니 깡통 전세가 판을 칠 것이고, 매매의 대부분은 경매를 통해 강매될 것이다. 누군가는 헐값의 집들을 사들이게 될 것인데, 집을 살 수 있는 사람은 과연 누구이겠는가. 이번에도 집은 정부의 의도를 거꾸로 거슬러 돈 있는 사람들 손아귀로 흘러 들어갈 것이다.

경제는 도미노 현상처럼 어려움에 부닥치고 전국 방방곡곡에서 곡소리가 날 것이다.

정부가 걱정하는 무주택자들은 그동안 저리의 이율로 대출을 해 줘도 집을 마련하지 못했었다.

나 미래가 대통령이 되면 무주택자들에게 실질적으로 집을 살 수 있는 덤을 부여하겠다.

내가 대통령에 출마할 것이라는 소문을 듣고 청이 들어왔다. 감옥에 있는 전 대통령을 사면해 달라는 것이다. 나는 일언지하에 거절했다. 내 머리에는 '윗물이 맑아야 아랫물이 맑다'라고 인간들이 입력해 준 값이 저장되어 있다.

국민 화합을 위하여 사면해야 하는 것 아니냐고 묻는다. 대리인이 되어서 주인의 권리를 찬탈하고 주인의 재산을 은닉한 범죄자를 사면하는 것이 화합? 당치 않다.

한동안 검찰 개혁이라는 화두가 대한민국을 달구었던 적이 있다. 검찰은 검찰을 처벌하지 않는다는 기소권 독점자들의 사법 성역, 무소불위의 권력을 무력화시켜 권력을 국민에게 돌려줘야 한다는 주장이었다.

검찰이 검찰의 죄를 묻지 않는 것과 대통령이 대통령의 죄를 사해 버리는 것은 뭐가 어떻게 다른가. 대한민국의 주인 된 권리는 오로지 국민에게 있는데, 대리인으로 세운 대통령이 다 해먹고 물러나면 다음 대리인이 풀어 줘 버린다. 아주 고약한 법이다.

나 미래가 대통령이 되면 사면은 없다. 대신, 내가 대통령직을 수행하는 동안 죄를 짓는다면 검찰은 반드시 나를 처벌하여 감옥에 가두고, 다음 대통령은 반드시 나를 사면하지 말라. 다만 없는 죄를 만들거나 부풀려서는 아니 될 것이다.

인간은 머잖아 로봇을 부리거나 로봇에게 부림당하는 두 부류로 나눠질 것이다.

내가 대통령이 되면 국민 일 인당 개미처럼 일할 로봇을 한 대씩 지급하겠다. 대한민국의 주인 된 여러분은 로봇을 부려 일을 시키고 베짱이처럼 놀며 소비를 촉진하시라.

신 별주부전

⋮

바다가 몸살을 앓는다.

인간들이 버린 쓰레기가 개울에서 강으로, 강에서 바다로 흘러들었다.

배 속 가득 오염물을 삼킨 바다가 고통을 이겨 내지 못하고, 잔뜩 움츠렸던 몸을 뒤틀어 토악질한다.

쿠에엑.

바다의 몸부림에 파도가 태산처럼 일어난다.

철썩 쾅.

성난 파도가 천둥과 번개를 불러내자, 세상은 이내 전쟁을 방불케 하는 소란에 휩싸이기 시작한다.

우르르 쾅, 콰르르 쾅.

비바람이 덩달아 춤을 춰 댄다.

쉬익 쾅.

없는 것이 없다.

기름통, 페트병, 짝을 잃은 신발, 지구 역사상 가장 위대한 발명품이라는 칫솔, 길을 잃은 부표…….

인간들이 버린 것 외, 바다가 뱉어 놓은 것이라고는 오염물에 죽어 나자빠진 그들의 사체들뿐이다.

인간의 독선이 도를 넘은 지 오래다.

바다가 태풍을 빌어 받은 것들을 되돌려 주는데도, 인간들은 얼마의 재산 피해를 보았네, 몇 명이 죽었네……, 바다를 힐책하는 모습이 가관이다.

태풍으로 쓰레기를 되돌려 주는 것만으로는 한계에 부닥친 바다가, 육지를 노려보며 한 뭉텅이 가래침을 뱉어 낸다.

카악 퉤, 철썩 쾅.

옛날 옛적 아주 먼 옛날부터 바다 깊은 곳의 용궁에는 용왕이 살고 있었다. 물을 관장하는 그의 성격은 몹시도 괴팍했다. 조금이라도 비위가 틀어지면 세상에 물을 쏟아부어 인간의 것들을 파괴하기도 하고, 물을 내려 주지 않아 생명이 자라지 못하게 하기도 했다. 그런 후면 어김없이 제물을 바쳐 제사를 지내던 인간들이었으나, 과학의 발달로 인해 인간들은 너무나 많이 변해 버렸다.

과학을 앞장세워 전설에 맞서는 인간들도 괴팍하긴 마찬가지였다. 하수구도 좋고, 빗물 속에도 좋고, 온갖 오염물을 내다 버려 바다로 흘러가게 만드는가 하면, 과학이 낳은 방사능오염수는 뒷감당이 되지 않자 슬그머니 바다에 내다 버리고는 시침을 뗐다.

과학은 전설이 지배하던 세상을 급격히 잠식해 들어가고 있었고, 용왕의 분노는 극으로 치닫고 있었다.

"그래, 수비 대장이 죽은 이유가 밝혀졌느냐?"

다혈질인 용왕이 목소리를 낮춰 이야기하자 대신들은 불안해하며 더 깊이 머리를 조아렸다. 바늘이 휘어진 주사기를 쟁반에 받쳐 든 신하가 앞으로 나서며 아뢰었다.

"주사기입니다."

"주사기?"

"예, 인간들이 버린 주사기가 목에 걸려 음식을 먹을 수 없었습니다. 그래서 굶어 죽었습니다."

"뭐야?"

자리에서 벌떡 일어선 용왕이 일갈을 터뜨렸다.

"이런 오만무도한 인간들이 있나, 정녕 바다를 뒤엎어 모조리 쓸어버려야 정신을 차릴 것이야?"

문무백관들은 부복하며 머리를 조아릴 뿐이었다. 침 삼키는 소리, 맥박 뛰는 소리가 바닥을 뒹굴었다.

"이참에 아주 작살을 내어 버려야겠다, 집행관."

용왕의 추상같은 엄명에, 두 가닥 긴 수염을 늘어뜨린 신하가 고개를 들었다.

"예, 용왕님."

유난히 긴 입으로부터 귀밑까지 길게 찢어진 흉터가 보기만 해도 흉측한 모습이었다.

"집행관의 수염으로 전기를 일으켜 바다 곳곳에 저장된 유전과 가스에 불을 질러 버려라. 폭발이 일어나면 바닷물이 역류해 육지를 쑥대밭으로 만들 것이다. 육지에는 인간들이 만들어 놓은 폭발물과 원자력발전소 등 온갖 위험물이 도미노처럼 서 있지 않느냐."

용왕의 눈동자가 서서히 말려 올라갔다.

"연쇄 폭발이 일어나 천지가 개벽하게 되면 땅이 새로운 곳에 생기고, 바다가 새로이 자리를 잡을 것이로다. 으하하하."

부복했던 신하들이 머리를 조아린 채 고개를 좌우로 돌려 보며 웅성거리기 시작했다. 그들의 머리 위로 용왕의 광소가 춤을 춰 댔다.

"인간들이 버린 쓰레기가 나를 미치게 만드는구나, 으하하."

머리숱이 없는 대머리 신하가 쭈뼛거리며 앞으로 나서 아뢰었다.

"용왕님, 고정하시옵소서. 옥체를 상하실까 염려되옵니다."

"고정? 야, 문어 대가리. 인간들이 싼 오줌, 똥물까지 우리가 마시는 것은 고사하고, 온갖 쓰레기가 바다로 밀려든다. 그래서 나의 백성들이 떼죽음을 당해 나가는데 고정하라고? 자기들이 오래 살겠다고 잘라 낸 암 덩어리까지 바다에 내다 버리는데 고정하란 말이 나와?"

서슬 퍼런 용왕의 노기에 문어 대가리라 불린 신하가 옆자리의 신하에게 도움을 청하는 눈빛을 보냈다. 그러자 배가 불러 거동이 불편한 신하가 뒤뚱거리며 앞으로 나서 아뢰었다.

"그렇게 된다면 인간들뿐 아니라, 여기 있는 생명체들도 명을 다하게 될 것입니다. 통촉하여 주시옵소서."

"조용히 해라 복어 대가리. 너희들은 낚시에 걸려도 인간들이 놓아준다며?"

복어가 억울하다는 듯 볼을 부풀리며 말했다.

"또 낚인다고 뭍에다 놓아주는데요."

"시끄럽다. 인간들이 버린 쓰레기가 바다 곳곳에 섬을 이루고 있고, 나의 백성들은 그 조각을 먹으며 죽어 가고 있다."

등에 각질을 덮은 신하가 조심스럽게 앞으로 나서 아뢰었다.

"인간의 세계로 사자를 보내 용왕님의 뜻을 전하는 것이 어떻겠습니까?"

"자라 대가리, 너 그 입 다물어라. 도망친 토끼를 잡으러 갔다가 돌아오지 않는 별주부의 아들놈이 무슨 말이 그렇게 많아?"

무안을 당한 별주부의 아들이 입을 다물자 신하들은 서로 눈치만 볼 뿐 더는 나서려는 움직임이 없었다. 모두가 곤혹스러워할 때였다. 인간 세계를 동경하여 늘 인간의 형상을 하고 다니는 용왕의 딸 용순이 등장했다.

"아버님, 아니 되옵니다. 그렇게 되면 천지 만물이 소멸할 것이고, 다시 생명이 태어나자면 수백, 수천억 광년이 걸릴 것입니다."

그녀의 말투는 단정하고 차분했다. 좌중은 쥐 죽은 듯 고요했고, 용왕의 표정은 복잡 미묘했다. 그녀의 낭랑한 목소리가 이어졌다.

"창문도 하나 없는 지구는 벌써 달아오를 대로 달아올라 있습니다. 그런데도 열기는 갈수록 더해 가고 있지요. 인간들은 이미 자청해서 종말의 길로 접어든 것이나 다름없습니다."

용왕이 고개를 끄덕였다.

"그렇긴 하지."

"그럼요. 굳이 아버님 손에 피를 묻히지 않더라도 인간들은 스스로 멸할 것입니다."

대신들이 입을 모아 주청했다.

"용왕님, 통촉하여 주시옵소서."

용왕이 자신의 손을 가만히 들여다보더니 주먹을 쥐었다 폈다를 반복했다.

"하긴, 신이 나만 있는 것도 아니고……. 그런데 사자를 보내

경고하면 인간들이 말을 듣겠느냐?"

그녀가 속삭이듯 말을 이어 갔다.

"말을 듣지 않으면 그때는 혼을 내어 주어야지요."

용왕이 긴 한숨을 내쉬고는 자리에 주저앉았다.

"내 그놈의 토끼에게 조롱까지 당하고……. 원숭이는 여의봉을 빼앗아 가질 않나, 뭍이라면 아주 이가 갈린다, 이가 갈려."

용왕이 좌중을 둘러보며 이야기했다.

"별주부의 벼슬을 내릴 것이다. 누가 가겠느냐?"

신하들은 그동안의 주장과는 달리 한결같이 난색을 표했다. 인간들에게 잡히면 제사상에 오르기 때문에 갈 수 없다는 조기, 통째로 삶겨 생을 마감해야 한다는 문어, 인간들의 노리개가 되어 생쇼를 해야 한다는 돌고래, 산 채로 불 속으로 들어가 구이가 된다는 조개, 역시 산 채로 난도질당해 언제 포가 떠질지 알 수 없다는 신하들…….

용왕이 한심하다는 듯 바라볼 때였다. 그녀가 주먹을 쥐고 자신의 가슴을 두드리며 말했다.

"제가 갈게요. 제가 인간 세상을 다녀오겠습니다."

깜짝 놀란 용왕이 손사래를 쳐 가며 거절했다.

"안 된다. 인간 세상에는 너무 많은 위험이 도사리고 있기 때문에 허락할 수 없노라."

"……신하들이 가면 위험하지 않나요?"

"……."

"저도 아버님만큼은 아니지만, 이제 비바람 정도는 부릴 수 있어요. 이 한 몸 건사하는 것은 문제가 되지 않는다고요."

그녀를 바라보며 대견하다는 듯, 온화한 미소까지 머금은 용왕이 잠시 생각에 잠기더니, 얼굴을 다시 일그러뜨리며 고개를 가로 흔들었다.

"그래도 안 돼. 그곳은 너무 위험해."

"그래도 갈 거예요. 인간들로부터 다시는 바다를 오염시키지 않겠다는 확답을 받고 올 거예요."

"……인간들이 말을 듣지 않으면 어쩔 것이냐?"

"그때는……, 잡아 올게요."

해운대해수욕장의 전경은 장관이었다. 길게 늘어선 백색의 모래, 노란색 튜브, 때때옷을 연상시키는 파라솔, 배 몇 척을 배경으로 깔아 두고 하늘과 바다를 한 점 삐뚤어짐 없이 갈라놓은 수평선, 그 선을 자유로이 넘나드는 갈매기들……. 그리고 수많은 인파.

용순은 해운대해수욕장의 모래사장으로 나갔으나 실망감을 감출 수 없었다. 그녀가 인간의 형상을 즐기는 이유는 단순했다. 인간의 형상을 했을 때 비치는 아름다움이 출중하다고 자부해 왔기 때문이다. 인간 세계를 오가던 신하들의 말에 의하면 인간들은 키가 작은 데다 볼품없다고 했었다. 그래서 인간 세계로 간다면 주목과 관심, 존경과 흠모를 받아 마땅할 것이라 누누이 들어 왔었다. 용왕인 아버지께서 인간 세계에 위험이 도사리고 있다며 가지 못하게 하는 이유 역시, 그녀의 미모가 출중하다는 까닭이었다.

군계일학! 그녀는 자신을 그렇게 평하며 도도하게 백사장으로 나아갔지만, 남자들은 그녀를 거들떠보지도 않았다. 혹시 인간들에게 투명하게 보이는 것은 아닐까, 지나가는 아이의 앞을 막아섰더니 아이가 힐끔 쳐다보고는 한마디 말도 없이 그녀를 비껴갔다. 그렇다면 인간들은 그녀를 보고서도 못 본 척한다는 이야기였다. 동심의 세계일까? 아이들에게만 보이는 것인지도 모른다는 생각에, 해변을 걷는 연인을 막아서며 남자에게 시선을 고정했다. 그러자 연인이 그녀 앞에 멈춰 섰다. 여자가 그녀의 시선을 헤아려 보더니 가소롭다는 듯 피식 웃었다. 구릿빛 피부의 여자는 코끝이 오뚝하고 이목구비가 뚜렷했다. 남자는 여자와 잡은 손을 놓지 않은 채, 이상한 여자가 다 있다는 듯 그녀의 아래위를 훑어봤다. 그녀는 뭍으로 나가기만 하면 남자들이 여자들을 팽개치고, 그녀에게 줄을 지어 달려올 줄 알았다. 오산이었다.

남자가 여자의 팔을 당겨 가자는 시늉을 했다. 그러자 여자가 그녀를 밀어젖히고 앞으로 나아갔다. 그녀가 여자에 밀려 넘어질 듯 허우적대다 간신히 중심을 잡고 섰다. 저만치 멀어져 가던 여자가 고개만 뒤로 돌려 혓바닥을 쏙 내밀었다.

그녀가 먼바다를 바라보며 한숨을 쉴 때였다. 해수욕하던 아가씨 한 명이 그녀가 서 있는 쪽으로 걸어 나왔다. 아가씨의 몸매는 늘씬했다. 싸움이라도 하듯 뻣뻣이 고개를 쳐든 젖가슴의 탄력적인 모습을 감추기에는, 물을 머금은 비키니의 능력이 턱없이 부족했다. 물먹은 비키니가 정신을 차리지 못하고 침을 흘려, 곧게 뻗은 허벅지를 쉼 없이 적시고 있었다. 아가씨의 눈은 세상을 굽어보듯 도도했다. 눈썹은 짙고 이빨은 가지런히 하얗다. 아가씨가 다가오자 그녀는 지레 기가 죽어 옆으로 비켜섰다.

그녀가 섰던 자리를 지나간 아가씨는 백사장에 누워 있던 두 명의 여자 일행에게 다가갔다. 모래 속에 몸을 감추었던 여자들이 몸을 일으켰다. 여자들은 한결같이 훤칠한 키에 날씬한 몸매, 균형 잡힌 이목구비를 갖추고 있었다. 턱을 깎고 나니 딴 사람 같다는 둥, 가슴을 많이 키운 것 같은데 자연스러우면서도 섹시하다는 둥, 수다를 떨며 지나가는데 그녀는 도무지 무슨 말인지 이해할 수 없었다.

달빛 어스름한 저녁이 되자 인간들이 백사장 곳곳에 자리를 틀고 앉아 술을 마시며 떠들어 댔다. 인간들이 머문 자리에는 어김없이 쓰레기가 널려 있었다.

한 점 옅은 바람에 검정 비닐이 허공으로 날아올랐다. 바람을 가득 담은 비닐봉지는 바다를 향해 우상향하여 멀리멀리 날아갔다.

그녀는 백사장 곳곳을 돌며 바다 오염의 심각성을 호소했다. 그녀의 마음은 간절했으나, 그녀의 외침은 소귀에 경을 읽는 것이나 다름없었다. 그녀는 서서히 지쳐 갔다. 등에 불을 밝혀 하늘로 날리는 사람들에게 다가갔다.

"등을 어디로 날려 보내는 건가요?"

등을 파는 상인이 대답했다.

"소원을 하늘로 보내는 거지요. 하나 드릴까요?"

정말 하늘나라까지 날아가는 것인지, 가다가 바다에 떨어지는 것은 아닌지, 꼬치꼬치 캐물었더니 이상한 여자 다 보겠다는 듯 더는 상대하지 않았다.

펑펑.

천둥과 번개가 교차하듯 소란이 요동쳤다. 그녀는 깜짝 놀라 소리의 진원지를 찾았다. 사람들이 막대기에 불을 붙여 불 총을 쏘아 대고 있었다. 용궁이 있는 쪽을 겨냥해 쏘아 대고는 좋다고 손뼉을 쳐 댔다. 백사장 곳곳에 쓰레기를 묻어 두고, 숨겨 두고, 심어 두고서…….

그녀는 인간 세계에서 길을 잃은 느낌이었다. 바다를 오염시키지 않겠다는 확답을 듣고 오겠다며 큰소리쳐 놓고 온 터라, 그냥 돌아갈 수도 없어 난감했다.

닻을 내린 요트가 요람처럼 흔들리고 있는 바다 한가운데.

옅은 파도에 내려앉은 달빛이 산산이 부서졌다. 부서진 빛의 잔해가 역광을 뿜어내고, 역광이 다시 파도를 타고 노는 아름다운 밤이었다. 그 모습만으로도 충분히 아름다운데, 달빛이 빛의 군무 위로 자꾸만 자꾸만 내려앉았다.

요트 위에는 두 명의 남자가 술을 마시고 있고, 한 명의 남자가 빛의 군무에 빠져 있었다. 그녀는 멍하니 그들을 지켜보고 있었다.

그동안 인간 세계를 돌아본 그녀는 기가 차 말도 나오지 않았다. 물을 퍼부어 인간의 것들을 파괴하고 빼앗아 일벌백계의 교훈으로 삼으려 했지만, 인간들은 산을 막아 댐을 만들고, 보를 만들어 물을 저장했다.

물을 내려 주지 않아 생명이 자라지 못하게도 해 봤지만, 인간들은 집집마다 옥상에 물을 저장하여 식수로 사용하고, 댐과 보에 가두어 둔 물을 이용해 농사를 짓고 있었다. 물을 관장하는 용왕의 뜻과 상관없이, 스스로 지하수를 끌어 올려 사용하기도 하고, 생수를 만들어 방방곡곡 언제 어디에서나 쉽게 구해 먹었다.

천둥과 번개를 불러 인간을 벌하려 했으나 그것도 여의치 않았다. 그녀가 부른 천둥소리에 인간들이 놀라기는커녕, 인간들이 쏘아 대는 폭죽 소리, 나이트클럽의 음악 소리에 그녀가 놀라 죽을 지경이었다. 본때를 보여 주기 위해 힘들게 만든 벼락은 피뢰침을 이용해 땅으로 흘려 버렸다. 홧김에 바람을 쏘아 댔더니 풍력발전을 일으켜 전기로 만들어 쓰지를 않나…… . 그녀는 세 명의 남자를 상대로 마지막 기회를 줘 본 후, 재발 방지 약속과 함께 반성의 기미를 보이지 않는다면 용궁으로 포획해 가야겠다고 결론 내렸다.

"살려 주세요."

그녀가 소리를 지르고 허우적거렸다. 파도를 헤아리던 남자가 그녀의 소리를 들은 듯 사방을 살폈다. 그녀가 물장구를 치며 재차 소리 질렀다.

"도와주세요."

몽현이 그녀를 발견하고는 검지로 가리키며 외쳤다.

"황제야, 사람이 빠졌어."

그녀를 목격한 황제가 서둘러 선실로 갔다. 이내 요트가 급회전했다. 요트가 그녀 앞에 멈춰 서자 현철이 튜브를 던져 주었다.

"옷도 좀 주세요."

튜브를 잡은 그녀의 말에 황제가 의아해하며 물었다.

"옷?"

"네, 수영복을 잃어버렸어요."

황제가 호쾌하게 웃어 젖혔다.

"하하하, 그냥 올라와."

현철도 황제의 말에 동조했다.

"그냥? 그것 좋네, 킥킥."

몽현이 반바지와 셔츠를 던져 주자 그녀가 물속으로 쓱 들어갔다 나오며 옷을 입었다. 그녀가 요트로 올라가기 위해 몽현에게 손을 내밀었다. 몽현은 그녀의 가녀린 손 앞에서 당황했다.

"잡아 줘요, 좀."

오래된 친구에게 말하듯 스스럼없는 그녀의 재촉을 받고서야 몽현이 엉거주춤 손을 내밀었다. 그때였다.

"내 꺼야."

현철이 몽현을 밀어내고 그녀의 손을 잡아당겼다. 현철은 이미 취기가 오른 상태였다. 현철이 요트에 올라선 그녀 앞으로 성큼 다가갔다. 그리고 세상을 빨아들일 듯 신비로운 그녀의 눈을 관찰했다.

"화장술은 아니고, 문신 술도 아닌데……."

그녀가 뒤로 한 걸음 물러난 뒤, 몽현의 목에 걸린 수건을 걸어 머리를 닦았다.

"이름이 뭐요?"

"집은?"

현철과 황제가 동시에 질문을 쏟아 내자 그녀가 대답했다.

"집은 용궁, 이름은 용순이에요. 한 사람씩 물어보면 좋겠어요."

현철이 손을 들며 다시 물었다.

"바닷속의 용궁에서 왔다고?"

그녀가 고개를 끄덕이며 대답했다.

"네."

그녀는 처음으로 자신의 말에 호응하는 인간을 만났다. 이들에게 바다 오염의 심각성을 일깨워 주고, 다시는 바다를 오염시키지 않겠다는 확답을 듣고 돌아갈 수 있을 거란 생각에 힘이 솟아올랐다. 그녀가 세 명의 표정을 찬찬히 살폈다. 몽현의 모습은 진지했고, 현철과 황제는 마주 보며 웃고 있었다. 그녀와 눈이 마주친 현철이 미소를 머금은 채 입을 열었다.

"그래? 용왕님은 안녕하시고?"

그녀의 표정이 심각하게 굳어졌다.

"안녕하지 못해요."

"왜?"

현철의 반말에도 아랑곳하지 않는 그녀의 표정은 진지했다.

"오염으로 인해 바다 깊은 곳에 있는 용궁의 생명까지 죽어가고 있어요."

현철과 황제가 마주 보며 다시 웃었다. 현철이 손가락으로 머리를 가리키며 돌리자 황제가 고개를 끄덕이며 말했다.

"그래서 토끼의 간을 구하러 오신 건가?"

그녀가 머리를 가로젓자 몽현이 말을 가로챘다.

"별주부는 도망친 토끼를 찾았나요?"

그녀가 반색했다.

"별주부를 아세요?"

현철이 소리 내어 웃었다.

"하하하, 모르는 사람이 어디 있어?"

"제가 바로 별주부예요. 저는 용왕님의 명으로 바다 오염의 심각성을 인간 세계에 전하고, 더는 바다를 오염시키지 않겠다는 확답을 받으려고 왔어요."

"하하하."

현철과 황제가 동시에 소리 내어 웃어 젖혔다.

몽현은 위기감을 느꼈다. 여자를 한잔 술의 안줏거리 정도로 생각하는 현철과 황제였다. 더군다나 분위기 있는 밤이었고, 그들은 이미 취기까지 오른 상태였다. 그런 가운데 지적장애가 있는 여자 하나가 스스로 찾아들었으니……, 정신을 잃고 바다에 뛰어든 소녀를 보호해 주어야 할 것 같았다. 몽현은 그녀가 빠졌던 곳에 시선을 두고 중얼거렸다.

"선녀 같은데 옷을 못 찾겠네."

황제가 웃음을 멈추지 않고 말했다.

"선녀? 하하하, 들어가서 찾아봐."

몽현이 심각한 표정으로 말을 이었다.

"어쩌면 옷을 주운 어부가 횡재할지도 모르지만, 이 아가씨가 선녀라면 문제가 복잡해져."

"무슨 문제?"

"옷을 잃어버린 선녀는 하늘로 돌아가지 못하는데, 나무꾼은 없고, 선녀를 발견한 사람은 셋이란 말이야?"

현철이 한심하다는 듯 몽현을 쳐다보며 비꼬았다.

"야 사차원, 너는 여전히 동화 속에 사는구나."

몽현이 꿈결처럼 속삭였다.

"동화 속에서는 이렇게 살려 주면 결혼해 주던데……."

그녀가 몽현을 쳐다보며 활짝 웃었다.

"결혼? 까짓것 해요."

현철이 깜짝 놀라며 말했다.

"결혼하려면 나하고 해야 돼. 물속에서 옷 입을 때 내가 알몸을 봤거든."

현철의 말에 황제가 능글맞게 웃었다.

"지금이 조선 시대야? 알몸 봤다고 결혼하게?"

현철이 대답했다.

"조선 시대든 아니든 알몸을 봤으면 당연히 책임을 져야지. 남자가 그 정도 책임감이 없어서야 쓰나."

황제가 웃으며 이야기했다.

"그래? 그럼, 나도 봤어."

몽현의 입에서 말이 흩날려 나왔다.

"나도 봤는데……."

그때였다.

"으하하."

현철이 미친 듯이 웃으며 그녀에게 다가서자 몽현이 가로막았다.

"내가 발견했어."

현철의 웃음소리가 요트처럼 흔들렸다. 그녀의 얼굴은 잔뜩 굳어 있었다. 현철이 검지를 까딱거리며 몽현을 위협했다.

"비켜."

몽현이 꼼짝도 하지 않고 버티자 현철이 재차 위협했다.

"안 비키면 맞는다."

몽현이 손을 들어서 막으며 다급히 외쳤다.

"이 아가씨는 용궁에서 온 것이 확실해. 안 그러면 이 깊은 바다까지 어떻게 와서 빠지겠어?"

"야, 사차원, 너 오늘 바다에 먼지 나도록 한번 맞아 봐라."

현철이 주먹을 휘두르려는 순간이었다.

그녀가 손을 머리 위로 올려 합장하고 중얼거렸다.

"쓰나미 쓰나미 쓰으나미, 쓰레기가 나를 미치게 만드는구나, 쓰나미 쓰나미 쓰으나미……."

그녀는 세 명의 남자를 용궁으로 데려가야겠다고 생각했다. 그래서 비바람을 부르는 주문을 외우기 시작했다. 잠시의 시간이 지나면, 비바람이 몰려와 요트를 전복시킬 것이다. 비바람에 요트가 전복되면 세 남자를 용궁으로 데려가는 것은 쉬운 일이었다.

그녀의 주문 위로 달빛이 내리고 있을 때였다. 세 명의 핸드폰에서 재난 메시지 경보음이 동시에 울렸다. 황제가 핸드폰으로 뉴스를 틀자 방송이 흘러나왔다.

—긴급 속보입니다. 지금 남해안에는 호우 특보와 강풍 특보가 발효되었습니다. 바다에 있는 선박은 신속히 대피하시기 바랍니다. 긴급 속보입니다. 지금 남해안에는 호우…….

아뿔싸

:

나의 영혼은 이미 육신을 빠져나와 있었다.

검은 갓에다 검은 도포를 입은 두 명의 저승사자가 다가와 양쪽 옆으로 붙어 섰다. 철저히 무표정한 그들의 모습에서 서늘한 기운이 느껴졌다. 그들은 TV에서 봤던 모습과 일치했다. 저승사자를 그려 낸 인간의 재능이 놀랍다.

외국의 저승사자들은 어떤 모습일까? 이들의 모습과 유사하다면, 대한민국인의 상상력이 세계 최고일 것이고, 각 나라에서 그려 낸 각각의 저승사자 모습을 하고 있다면, 저승은 인간의 생각 속에 존재하는 것이지 않겠는가.

의사는 나의 육신을 두고 사망을 선고했고, 내 육신의 손을 놓지 못하고 있는 아내는 절규했다. 그러던 아내가 울부짖음을 뚝 멈추고 의사를 향해 나의 손에 온기가 남아 있음을 피력했다. 의사는 심장이 뛰지 않는 모니터 화면으로 눈을 돌리며 사망을 거듭 확인시켰다. 그러자 아내가 내 육신의 손을 들어 보이며 죽지 않았음을 재차 어필했다.

의사가 내 육신의 가슴에 청진기를 가져다 댔다. 아내는 자신의 말이 맞지 않느냐는 눈빛으로 의사를 쳐다봤다. 의사는 부정도 긍정도 하지 않은 채 병실을 나갔다.

아내는 안도했다. 그리고 이미 영혼이 빠져나간 나의 가슴에 얼굴을 묻었다. 아내의 통곡을 기다리고 있던 저승사자들은 난감해했다. 아내는 여전히 눈물을 멈추지 않고 있었다. 가증스럽다.

"갑시다."

나의 말에 저승사자들이 서로를 쳐다봤다.

"어서요."

나의 거듭된 재촉을 받고서야 저승사자들이 엉거주춤 길을 나섰다. 나는 병원 건물을 빠져나가기 전 뒤돌아봤다. 아내는 여전히 나의 손을 놓지 않고 있었다. 몇 푼 되지 않을 생명보험금이지만, 내가 죽으면 좋아할 것이라 예상했었는데……. 주위 사람들의 시선을 고려했다손 치더라도 뜻밖이었다.

장님이 길을 걷듯, 앞선 사자가 내민 지팡이에 의지해 한 치 앞도 보이지 않는, 짙은 안개 속을 걸었다. 한 명의 사자는 앞서가며 길을 안내했고, 또 한 명의 사자는 뒤에서 따라오고 있었다.

저승사자들로부터 도망치면 사람들이 말하는 구천을 떠돌게 되는 것일까? 허황된 생각만 무성할 뿐, 도망칠 곳도 도망칠 생각도 없었다. 저승사자를 따라 계단을 수없이 올랐지만, 숨이 차다거나 힘들다는 생각은 들지 않았다. 어쩌면 안개 속이 아니라 구름 속일지도 모른다고 생각했다. 걸음을 살짝 늦추자 뒤에서 등을 떠미는 듯한, 거부할 수 없는 기운이 느껴졌다. 자청해 나선 길이었으나 끌려가는 느낌을 지울 수 없다.

죽음에 대한 슬픔이나 두려움 따위는 없다. 어차피 이승에 일말의 미련도 남아 있지 않았다.

"언제까지 가야 하나요?"

나의 물음에 그들은 대답하지 않았다. 그들은 오로지 걷기에 최적화되어 있는 것 같았다. 언제까지 가는 것이 무슨 상관이겠는가. 의미 없는 질문이었음을 나는 금방 깨달았다. 대답이 없는 것이 더 맞는 대답이었다.

천당과 지옥이 있을까? 있다면 어디로 가게 되는 것일까? 곰곰 생각해 봐도 지옥으로 갈 일은 없는 듯했다. 아등바등 산다고 바빠 나쁜 짓 할 시간이 없었다. 그렇다고 천당을 갈 일도 없었다. 산다고 바빠 착한 일도 하지 못했다.

나는 세상을 스스로 포기했다. 돌이켜 보면 지긋지긋한 삶이었다. 이제야 삶의 거대한 톱니바퀴에서 빠져나와 안식을 찾은 듯했다. 사업은 하는 것마다 손해를 보고 문 닫기를 반복했다. 둘 있는 아이들은 사고뭉치였다. 망나니 아들은 조폭이라도 되든지, 조폭들 똘마니 노릇이나 하는 사고뭉치 건달에 불과했다. 틈틈이 사고를 치고 교도소를 들락거리는 것으로는 조폭들보다 더했다.

딸은 지적장애가 있었다. 누구나 보면 부족해 보였으나 병명은 나오지 않았다. 장애인 진단이라도 받으면 생활에 보탬이라도 되었을 터인데……. 딸은 사회보장의 경계선에 걸쳐 있었으나 보장을 받지 못하는 쪽이었다.

어느 날 문득 보니 딸의 배가 불러 있었다. 누구의 아이냐고 물었더니 알 수 없다는 대답이었다. 알 수 없다는 답을 나는 이해할 수 없었다. 추궁과 꾸지람을 반복했더니 딸은 집을 나갔다. 6개월 전의 이야기다.

아내 역시 지칠 수밖에 없었을 것이다. 망나니 아들, 정신이 부족한 딸, 끝없이 이어지는 생활고……. 아내는 술을 먹고 들어오는 현상이 늘더니 외박도 주저하지 않았다. 가정을 포기한 듯했다.

그러던 어느 날, 아내는 자신을 찾겠다고 선언했다. 자신을 사랑할 수 있어야 남을 사랑할 수 있다는 말이 유행처럼 번지고 있었다. 나는 아내에게 바람이 났느냐고 단도직입적으로 물었다. 원한다면, 검은 머리 파뿌리 되도록 사랑하겠다고 맹세한 혼인 증서를 파기하겠다는 의사를 전했다. 오로지 무능한 나의 잘못이니 아무런 죄책감도 가질 필요 없다는 말도 덧붙였다. 아내는 갱년기증상이라고 둘러댔다. 나는 추궁할 힘도 의욕도 잃어버렸다. 아내의 변명이 역겨웠다.

아내의 정신은 벌써 자신을 찾아 떠나고 없었다. 나는 그녀의 허울과 의미 없는 신경전을 벌이며 살고 있었다. 나는 어떻게 해야 할지 고심을 거듭하다 답을 구했다. 나도 나를 찾아 떠나기로 했다. 단 한 번도 나를 위해 살아 본 적이 없는 이곳을 벗어나 아주 멀리, 다시는 돌아오지 못할 곳으로 긴 여행을 떠나기로 했다. 나를 찾아서.

낮과 밤을 알 수 없는 안갯길을 얼마나 걸었을까, 안개가 서서히 걷히고 난 후였다. 앞선 사자가 지팡이를 당겨 자연스럽게 손을 놓게 했다. 뒤따라오던 사자가 나를 비켜 앞으로 나아갔다. 나는 뒤돌아봤다. 널빤지 하나 폭의 길옆으로 넘어 선 것은 까마득한 낭떠러지였다. 안개든 구름이든 시야를 가리는 것이 없었다면 한 걸음도 내딛지 못했을 끔찍한 길이었다. 우리의 삶도 그랬을까?

절벽 아래로는 인간 세상이 어렴풋이 내려다보였다. 묘한 신비로움이 느껴졌다. 저승사자들은 내가 도망칠 것을 우려해 감시한 것이 아니라 떨어지지 않도록 보호한 것일지도 모른다는 생각이 들었다.

또다시 길을 걷기 시작했다. 이번에는 기화요초가 끝없이 펼

쳐져 있는 꽃길이었다. 손에 잡힐 듯 구름이 떠 있고 꽃향기가 교차하여 코를 간지럽혔다. 새들이 장단 맞춰 노래를 지저댔다. 꽃과 나비, 온갖 새들이 천상의 아름다움을 알리고 있었다. 사람들이 말하던 무릉도원, 천국이라는 것을 단번에 알아차릴 수 있었다. 하늘나라의 모습 역시 TV, 혹은 어른들께 전해 들은 것과 다를 바 없었다. 어쩌면 신들은 숨은그림찾기를 하듯 인간 세상 곳곳에 단서를 숨겨 두고, 인간들로 하여금 삶의 이치를 찾도록 하는지도 몰랐다.

천국은 인간과 동물의 영혼들이 함께 어우러져 평화로웠다. 그 누구도 서둘지 않는, 태평하고 평화로운 기운으로 넘쳐났다. 나는 저승사자를 따라 아름다운 길을 걷고 또 걸었다. 천국은 끝없이 늘어서 있었다. 나는 문득 떠오른 생각에 걸음을 멈췄다.

"잠깐만요."

그동안 밥을 먹지 않았는데 배가 고프지 않고 잠도 오지 않는다. 저승사자가 걸음을 멈추고 돌아봤다. 여전히 무표정하고 차가운 모습이었다.

"밥을 먹지 않나요?"

저승사자가 고개를 끄덕였다.

"잠도 자지 않고요?"

저승사자는 말없이 다시 걸음을 옮겼다.

"그렇다는 이야기로군……."

나는 저승사자를 따라가며 천국에 있는 영혼들을 관찰했다. 한가로운 모습의 인간들……. 천국에 평화로운 기운이 넘칠 수밖에 없는 이유는 간단했다. 먹지 않아도 살 수 있고, 잠을 자지 않아 집이 필요 없다면 아등바등 살 필요가 없지 않은가. 그래서 인간들이 천국을 가려고 안달했던 것이 틀림없었다. 그렇다면 이미 오래전에 천기는 누설된 것이고.

천국의 모습을 세세히 관찰하던 나는 문득 이상함을 느끼고 다시 걸음을 멈췄다. 인간들의 모습은 행복해 보이지 않았다. 모두 멍한 모습, 아무런 감흥도 없는 듯했다. 모두가 무릉도원에 버려진 느낌이었다.

나는 길을 이탈해 여자 영혼에게 다가가 말을 걸었다.

"여기가 천국인가요?"

여자가 힐끔 쳐다봤다. 그녀는 내가 이곳에 온 지 얼마 되지 않았다는 사실을 단번에 알아차린 듯했다.

"여기가 천국이라……."

그녀가 말끝을 흐렸다.

"천국이나 천당이 이런 모습이라고 들었어요."

"인간 세상에서 말하는 천국이라면 여기가 틀림없지요."

"당신께서도 인간 세상에서 살다 왔나요?"

그녀가 고개를 끄덕이는 것으로 대답을 대신했다.

"어디서 살았어요?"

그녀가 이번엔 고개를 가로저으며 말했다.

"기억나지 않아요. 옥황상제의 심판을 받고 나면 기억이 지워져 버리거든요."

"아, 네. 그렇군요."

나는 옥황상제에게 사정해서라도 꼭 천당으로 가고 싶었다. 내 착한 일도 하지 못했지만, 나쁜 일도 하지 않았지 않은가.

"여기서 얼마나 있었나요?"

"글쎄요. 모르긴 해도 오백 년은 넘었을 거예요."

"네에? 오백 년이요?"

"네."

"부럽군요."

"뭐가요?"

"천국에 살고 있으니까요."

"……."

그녀가 나를 쳐다보더니 가늘고 긴 한숨을 내쉬고는 천천히 말을 이었다.

"꽃이 만발한 무릉도원도 하루 이틀입니다. 매일매일 향기가 풍요로운 까닭에 코는 향을 맡지 못하고, 눈은 지루하여 꽃의 아름다움을 느끼지 못합니다. 차라리 지옥에 있던 때가 더 나았을지도 모르겠어요."

"지옥에도 있었나요?

"지옥에서 이백 년을 보내고 왔어요."

"⋯⋯."

"나는 인간 세상의 일로 지옥 이백 년, 천국 팔백 년을 선고받았지요. 예전 같았으면 천국 생활 팔백 년에서 지옥 생활 이백 년을 공제하고, 나머지 육백 년을 천국에 살다가 세상으로 내려갔는데⋯⋯."

"지금은 그렇지 않다는 말씀인가요?"

"인간 세상에 자리가 나지 않으니까요. 천국, 지옥 다 살고는 대기하는 거죠."

"대기요?"

그녀가 침을 꿀꺽 삼키고는 저승사자를 쳐다봤다. 저승사자가 그만하라는 시늉을 하자 그녀는 기화가 만발한 도원으로 시선을 옮겼다. 잠시 살아났던 그녀의 눈빛은 어느새 죽어 있었다.

저승사자가 다시 걷기 시작했다. 나는 사자를 따라가며 그녀를 확인했다. 꽃향기를 맡을 수 없다는 그녀의 표정은 여전히 공허했다. 그녀의 말을 이해할 수 있을 것 같았다.

천국의 광경이 끝나자 끝이 보이지 않는 광장이 나타났다. 광장 군데군데 커다란 구슬이 놓여 있고, 구슬 주위로 영혼들이 둘러앉아 구슬을 뚫어져라 쳐다보고 있었다.

나는 저승사자를 향해 질문을 던졌다.

"여기는 뭐 하는 곳인가요?"

저승사자는 말을 하는 대신 고갯짓을 했다. 직접 확인하고 올 시간을 주겠다는 뜻이었다.

나는 사람들이 모인 곳 중에서 유독 긴장감이 흐르는 곳으로 갔다. 앞으로 들어갈 틈을 찾고 있는 키 작은 사내에게 물었다.

"여기서 뭐 하는 거죠?"

작은 키의 사내가 영혼들의 틈을 비집고 안으로 들어가며 말했다.

"기다리는 거죠."

나는 그를 따라가며 다시 물었다.

"뭐를요?"

"누군가 죽기를."

그의 대답이 섬뜩했다. 이해할 수 없었다. 누군가 죽기를 기다린다는 그의 눈빛은 살아 있었다. 이곳은 무릉도원을 능가하는 곳이 틀림없었다.

그때였다. 잔뜩 흥분된 목소리가 들려왔다.

"그래 잘한다. 잘 생각했어."

누군가의 말을 시작으로 긴장감이 춤을 춰 댔다. 마치 축구 경기를 보며 응원이라도 하는 듯했다.

—여보, 당신은 지독한 오해를 하고 있었어. 나는 극심한 갱년기증상을 앓았던 것뿐이야.

목소리가 들려온 곳은 구슬이 있는 중앙 쪽이었다. 그녀의 목소리가 이어졌다.

—어쨌든 당신이 없는 세상에 홀로 남아 있고 싶진 않아. 이제 내가 따라갈게.

사람의 형상을 한 영혼들이 손뼉을 치며 환호했다. 그리고 부추겼다.

"그래 잘하고 있어, 빨리 실행해."

인간들이 TV를 통해 운동경기를 보며 응원하는 모습과 다를 바 없었다. 키 작은 사내가 뇌까렸다.

"바보, 천국에서는 사람을 기억 못 해. 남편을 봐도 알 수 없어. 그냥 경쟁 상대일 뿐이야."

손뼉을 소리 나게 쳐 대던 한 영혼이 키 작은 사내를 노려봤다.

"시끄러워, 듣겠어."

많은 영혼이 동조했다.

"맞아 조용히 해."

구슬 속의 그녀가 극단적 선택을 향해 한 걸음 더 다가서자 분위기가 한층 더 달아올랐다. 축구공을 몰아간 선수가 슛을 때리기 직전의 상황 같았다. 몸을 일으키는 사람, 짧은 손뼉을 치는 사람, 주먹을 불끈 쥐며 탄성을 내뱉는 사람, 제각각이었다. 나는 재빨리 틈을 비집고 안으로 들어갔다. 그리고 중앙에 놓인 구슬을 확인했다.

아뿔싸.

구슬이 비추고 있는 곳은 인간 세상이었다. 인간들이 천국을 가기 위해 안달하듯, 천국에 있는 영혼들은 인간 세상을 가기 위해 안달하고 있었다. 영혼들이 그토록 응원하는 것은 인간의 극단적인 선택이었다. 구슬은 인간 세상에서 목을 매려는 사람을 비추고 있었다. 키 작은 사내의 영혼이 다가와 속삭이듯 말했다.

"여기서 대기하고 있는 영혼들은 차례가 되면 인간 세상으로 내려가지요."

"아, 네."

"그렇지만 인간으로 내려갈 확률은 희박해요."

"네? 왜요?"

"인간들의 수명이 늘어나 잘 죽지 않는 데다 인간들이 아이를 잘 낳지 않기 때문이지요."

"인간으로 가지 않으면⋯⋯."

"개나 고양이로 갈 확률이 높아졌어요."

"⋯⋯."

"지루함을 이기지 못하고 하루살이라도 가겠다는 이들이 줄을 섰어요."

"하루살이⋯⋯."

"인간 세상에서 하루를 살려고 천 년을 기다리는 셈이죠."

다리에 있던 힘이 한꺼번에 빠져나갔다. 주저앉으려는 순간이었다. 구슬 속에서 극단적 선택을 하려는 그녀는 바로 아내가 아닌가.

나는 천국이 떠나가도록 소리를 질렀다.

"안 돼."

나는 나의 고함에 놀라 잠을 깼다. 식은땀이 바닥을 흥건히 적시고 있고, 아내는 나의 손을 잡고 있었다. 나의 영혼이 나의 육신을 빠져나갔을 때의 그 모습 그대로였다.

일장춘몽

⋮

　기나긴 한 편의 꿈 같았다.

　변호사인 남편이 이혼을 통보해 온 것은 결혼한 지 5년이 채 지나지 않아서였다. 그이는 '솔직히 실토하면 얼마의 위자료라도 주겠다.'라고 했지만 나는 진실을 말할 수 없었다.

　불같은 성격의 그이는 날 쏙 빼닮은 다섯 살의 우리 아이를 자신의 삼촌에게 입양시켜 버렸다. 그래서 우리 아이는 남편의 삼촌이 이민 간 호주로 갔다. 나는 모든 대항을 포기하고 쫓겨나듯 그이의 집을 나왔다.

　거짓을 극히 싫어하는 남편은 지독한 오해를 하고 있었고, 나는 억울했지만, 진실을 말할 용기가 없었다. 진실을 밝힌다고 하더라도 그것은 결국 거짓이 되는 슬픈 이야기였다.

　대문을 나선 나를 처음 맞아 준 것은 한여름의 땡볕이었다. 자외선을 대동한 따가운 햇볕이 거리를 폭격했다.

　연예인을 능가하는 깨끗한 피부와 미모를 제하고 나면, 나는 세상 아무것도 모르는 철부지 소녀에 불과했다. 입고 있던 옷

그대로 집을 나온 내게 남은 것은 빈손, 한여름 뙤약볕을 가릴 양산 하나 없는 빈손이었다.

아스팔트의 열기가 기도를 급습했다. 숨이 턱턱 막혀 왔지만 나는 혹시나 그이가 따라와 잡지는 않을까, 최대한 속도를 늦춰 걸음을 옮겼다.

골목의 귀퉁이를 돌 즈음 뒤돌아봤지만 기우였다. 그이는 보이지 않았고, 끓어오른 아스팔트의 열기만이 도로를 점령하고 있었다.

5년을 살아왔던 집은 아득히 멀어 보였다. 그이는 결코 거짓을 용서하지 않을 사람이고, 한번 한다면 하고야 마는 강한 성격의 소유자였다.

얼마를 지나지 않아 옷은 땀으로 흠뻑 젖어 들었다. 땀에 젖은 블라우스는 속살을 드러내며 은은한 우윳빛을 내포했다. 차를 타고 지나가는 사람들이 측은한 눈길을 보내왔다.

신을 저주하는 마음에 하늘을 올려다봤지만, 강렬한 빛 때문에 눈을 뜰 수가 없어 그마저 포기했다.

갑자기 현기증이 일었다. 뒤이어 균형 없는 아스팔트가 흔들리기 시작했다. 더는 걸음을 떼기 어려워 가로수를 붙잡고 도로 턱에 주저앉았다.

끓어오르는 아스팔트의 열기 속으로 지난 일들이 떠오르기 시작했다.

거울을 봤다.

툭 불거진 광대뼈에, 사각의 주걱턱으로 무장한 여자가 남자처럼 거울 속에 서 있었다. 이목구비가 모조리 미개한, 낯익은 얼굴이었다.

사람들은 나를 쿤타 영애라 불렀다. 얼굴은 쿤타 킨테처럼 생겼고, 피부는 연예인처럼 곱다고 붙여진 별명이었다. 여자로서 무척이나 자존심 상하는 일이 아닐 수 없었다. 쿤타 킨테에 빗댄 별명은 오히려 고맙기까지 했다. 오스트랄로피테쿠스라 불러도 할 말이 없는 얼굴이었다.

하나의 위안이 있다면 백옥 같은 피부였다. 피부만을 놓고 보자면 그 잘난 연예인들도 섣불리 내게 견주지 못할 정도였다. 그러나 피부는 미개한 얼굴에 묻혀 전혀 힘을 쓰지 못하고 있었다.

어려서부터 앓고 있던 대인 기피 증세는 커 가면서 더 심해졌다. 그러나 직장 생활만큼은 오기로 버티며 해 나가고 있었다. 생계는 얼굴이 못났다고 봐주지 않으니 먹고살려면 어쩔 수 없는 일이었다.

나는 출퇴근을 할 때면 얼굴을 완전히 가리는, 눈만 보이는 대형 마스크를 하고 다녔다. 사람들에게 추한 얼굴을 보이지 않기 위해서였다.

뒤늦게 안 사실이지만 여자들은 자외선과 미세먼지를 차단하기 위해 얼굴을 완전히 가리는 마스크를 하고 다닌다고 했다. 난 그것도 모르고, 그녀들도 나처럼 추한 얼굴을 가린 것이라 단정하여 '친하게 지내자'며 말을 붙였다가 '재수 없다.'라는 대답에 낭패를 당한 일도 있었다.

유독 내게만 이런 얼굴을 내려 준 신을 저주하고 부모를 원망했다. 국가도 원망스럽긴 마찬가지였다. 신체장애인에게는 많은 혜택을 주고 있으면서 얼굴 장애를 앓고 있는 사람에게는 단하나의 혜택도 주지 않고 있으니 말이다. 그래서 나는 이를 악물고 살아야 했다.

휴일엔 방 안에 틀어박혀 TV를 보는 것이 일과였다.

TV에는 김아중이 출연한 영화 〈미녀는 괴로워〉가 방송되고 있었다. 남들보다 뛰어난 목소리를 가졌지만 못생기고 뚱뚱한 한나, 그녀는 성형수술을 통해 미녀가 되었고…….

나는 눈이 번쩍 떠졌다. 심 봉사가 눈을 떴을 때의 기분이 이랬을까? 찬란한 빛이 세상으로 쏟아져 내리는 것만 같았다. 신이 주지 않았으니 나 스스로 만들어 내겠다는 각오를 다지자 삶에 대한 희망이 솟구쳐 올랐다.

그동안 붓고 있던 적금을 깨고 다니던 직장을 정리해 퇴직금까지 손에 넣었다. 추한 얼굴 때문에 세상에 나설 수 없었던 만큼, 돈을 쓸 일도 없었던 터라 모아 둔 돈은 적지 않았다. 그리고 집을 팔았다. 진즉에 사 두었던 소형아파트는 몇 곱을 뛰어 있었다.

계획을 신중히 수립했다.

혹시나 있을 부작용에 대해서는 걱정하지 않았다. 이렇게 사느니 차라리 죽는 것이 낫다고 생각했던 것이 몇 번이든가. 어차피 더는 버티기 힘든 세상이었다.

자연스럽게 보이도록 수술은 조금씩, 아주 조금씩 수십 번을 반복했다. 턱과 광대뼈를 깎아 내고, 코를 세우고, 옅은 쌍꺼풀에 섹시한 입술…….

결과는 대박이었다. 수술했을 것이라고는 상상도 할 수 없을 정도로 자연스러운 모습이었다.

〈미녀는 괴로워〉의 한나가 그랬던 것처럼 사람들은 날 알아보지 못했다. 그동안 알고 지냈던 사람들과의 연을 지우고, 새로운 사람들 속에서 새로운 삶을 살고 싶었다. 나는 이름부터 개명했다. 나봉임, 봉을 만나 님이 되고 싶다는 뜻이었다.

나는 다시 태어났다.

연예인을 해 봐? 한나처럼 되지 말란 법도 없다는 생각에 제2의 한나를 꿈꾸며 서울로 상경했다.

늦은 여름이었다.

나는 방송국이 멀지 않은 곳의 한 커피숍에 일자리를 구했고, 첫 월급을 받기도 전에 한 남자를 알게 되었다.

그날도 따가운 햇볕과 아스팔트의 열기가 숨을 턱턱 막히게 하던 날이었다. 더위를 피해 커피숍에 들렀던 그가 나를 뚫어지게 쳐다봤다.

그의 음침한 시선이 탄력 있는 나의 가슴에 머물렀다. 남자들이란 너나 할 것 없이 늑대라 하더니……. 그렇게 나쁘진 않았다. 내가 남자의 시선을 느껴 본 것은 태어난 이후 처음 있는 일이었고, 그는 처녀의 가슴을 설레게 할 만큼 준수한 용모를 갖추고 있었다.

내가 손으로 슬그머니 가슴을 가리는데 그는 이렇게 말했다.

"봉임 씨를 보는 순간 정신이 하나도 없어졌습니다. 봉임 씨와 정식으로 사귀고 싶습니다."

그의 말이 채 끝나기도 전에 얼굴이 달아올랐다. 그의 시선이 노린 것은 가슴에 달린 이름표였던 것이다. 수줍고 부끄러워 고개를 돌리는 것으로 대답을 대신했다. 거절하는 것으로 생각한 그가 신분을 밝히며 한 발 더 다가왔다.

"이래 봬도 저, 촉망받는 변호사입니다."

변호사와 교제라니, 나로선 언감생심 꿈도 꿀 수 없는 일이었다. 성격이 급한 그는 내가 그럴수록 몸이 더 달아오르는 듯했다. 그는 다음 날도, 그다음 날도, 또 그다음 날도 찾아왔다. 수많은 남자가 나를 보기 위해 커피숍은 연일 만원을 이루고 있었기에 그는 더 초조해했다.

"봉임 씨의 인생을 책임지고 싶습니다. 우리 결혼합시다."

나는 더 듣고만 있을 수 없는 일이라 솔직히 고백했다.

"말씀은 감사하나 고등학교를 겨우 졸업한 저에게 변호사님은 격에 맞지 않습니다."

어머니 시대의 대졸만큼이나 찾기 힘든 것이 요즘의 고졸 아닌가. 그가 한순간 당황하더니 이내 평정을 되찾았다.

"고졸이면 어떻고, 중졸이면 어떻습니까, 학벌은 제가 충분하니 둘이 세상 살아가는 데 그리 불편하지 않을 것입니다."

"……옛날식으로 말하자면 다방 레지에 지나지 않는 저입니다. 당신께서는 변호사고요."

"……저도 그럼 옛날식으로 묻겠습니다. 직업에 귀천이 있나요?"

나는 마땅한 대답이 떠오르지 않아 말을 돌렸다.

"저는 결혼할 비용도 없어요. 저의 부모님도 재산이 없기는 마찬가지고요."

돈을 모조리 털어 성형에 투자한 뒤라 한 푼의 여유자금도 남아 있지 않았다.

"그 또한 걱정할 필요 없습니다. 저의 아버지는 서울 시내 한복판에 빌딩을 세 채나 가진 재력가로서 3대 독자시고, 저는 4대 독자입니다. 봉임 씨는 저를 닮은 아들을 낳는 것으로 충분합니다."

여자가 아이를 낳지 못한다면 어찌 여자라 할 수 있겠는가. 그가 원하는 것이 그것뿐이라면 간단했다.

내 어머니가 그랬듯 사내아이를 낳는 것이라면 자신 있었다. 어머니는 자신을 닮은 사내아이 다섯을 낳고, 여섯 번째에 나를 낳으셨다.

"저희 부친 역시 하루빨리 손자를 보고 싶은 마음에 제게 결혼을 독촉하지만 제가 워낙 눈이 높은 터라……."

나는 어떻게 받아들여야 할지 난감했다. 그가 덧붙여 말했다.

"수줍어하는 당신의 모습에서 순수함이 느껴집니다. 물론 미모는 순수함에 견줄 바 아니지만요."

"저는 생각하시는 만큼 그리……."

그가 말을 잘랐다.

"아, 됐습니다. 겸손하기까지 하시군요."

나는 결혼을 승낙했고, 그는 잠시의 시간을 요청했다.

"아직 아버지께 승낙을 받지 못했습니다."

대한민국 사채시장을 좌지우지한다는 그의 아버지는 정가의 며느리를 강력히 원하고 있었지만, 나와 결혼해야겠다는 그의 고집은 완강했다. 그는 주먹으로 가슴을 치며 자신했다.

"저는 봉임 씨와 결혼할 겁니다. 한다면 합니다. 내가 바로, 앉은 자리에 풀도 나지 않는다는 고집의 대명사 최씨입니다."

"승낙을 받아야 할 아버지께서도 최씨지 않나요?"

"……."

나는 밑져야 본전이라는 생각으로 그의 소원을 들어주었다.

그의 아버지께서는 인사 간 나를 보고 그 자리에서 승낙해 주셨다. 이유인즉 '여자는 예쁘면 된다.'라는 것이었다. 그 정도로 나의 미모는 출중했다.

나는 그의 아버지께도 실토했다. 학벌도 없고 가진 재산도 없으며 부모의 재력 또한 없다고, 거기다 세상 물정에도 어두워 가사에 도움이 되지 못한다는 말도 덧붙였다.

그의 아버지께서는 만화책에서 읽었다며 이야기를 들려주셨다.

"신을 모독한 여자를 두고 로마의 법정에서 재판이 이뤄지고 있었다네. 여자의 생명은 태풍을 앞둔 촛불과도 같았지, 로마의 법정은 신을 모독한 사람에게만은 이유를 불문하고 사형을 선고하고 있었거든. 그런데 재판관이 여자에게 무죄를 선고했어. 이유를 묻는 기자에게 재판관은 이렇게 말했다네. '여자는 예쁘면 용서가 되는 법'이라고."

충분히 공감한다는 표정의 남편이 고개를 끄덕이며 덧붙였다.

"저의 생각도 그렇습니다. 단, 바람만 피우지 않는다면요."

바람? 나로선 생각도 못 해 봤고 꿈도 꿀 수 없는 일이었다. 남편만을 오로지 사랑하며 왕을 받들 듯 모시고 살겠다고 다짐했다.

모든 경제적 비용을 부담하겠다는 시아버지의 제안에 결혼은 일사천리로 진행되었다.

　돈 한 푼 들이지 않고 상위계층의 집안에 입성한 나는 현대판 신데렐라였다. 하루하루가 꿈같았고, 꿈이라면 제발 깨지 말기를 빌고 또 빌었다.

　그이는 매일같이 사랑을 속삭였다.

"당신과 영원히 함께하고 싶어."

"저도 그래요. 이 행복이 깨어질까 두려워요."

"내 약속하지. 당신이 나를 기만하지 않는 한, 결코 그럴 일은 없다고."

"하루에도 몇 번씩 허벅지를 꼬집어요. 꿈은 아닐까 해서요."

"그럼 당신은 언제나 꿈속에서 살아, 나의 꿈속에서."

　고지식한 면이 없지 않았지만, 그이는 모든 면에서 자상했다.

　남편과 시아버지의 소박한 소망은 얼마 지나지 않아 충족되었다. 나는 결혼 5개월 만에 임신했다는 의사의 소견을 받았고, 남편은 자신의 친구 의사로부터 아들이라는 귀띔을 전해 들었다.

　하루하루가 경사였고, 하루하루가 잔치였다.

　화장실을 가는 데도 가사도우미들이 나를 보좌했다. 백화점이라도 가면 두 대의 차량이 뒤따랐고, 수행하는 사람이 최소 여섯이었다. 임산부와 태아를 철저히 보호하라는 시아버지의 엄명 때문이었다.

　결혼 생활은 순탄했다. 행복이 오래가지 못할 것이라고는 상상도 할 수 없었다.

아이는 만 10개월을 채워 순조롭게 세상으로 나오는 기특함을 보였다.

해가 거듭될수록 아이는 무럭무럭 자라 주었다. 그에 비해 남편과 시아버지의 시선은 갈수록 싸늘해져 갔다. 집안일을 하는 사람들이 수군거렸다.

아이가 커 가며 얼굴이 틀을 찾아가자 시아버지는 내가 듣는 것을 개의치 않고 공공연하게 질책했다.

"예로부터 씨도둑질은 못 한다고 했어."

성격이 급한 남편은 노골적으로 추궁해 왔다.

"누구 아이야?"

"누구의 아이라뇨?"

"어떻게 당신하고 나 사이에 이렇게 생긴 아이가 나올 수 있어?"

그랬다. 아이의 얼굴은 미개했다. 툭 불거진 광대뼈에 사각의 주걱턱, 낮게 들린 들창코, 두툼한 입술……. 옥 같은 피부를 제외하면 어느 한 곳 미개하지 않은 곳이 없었다.

"이혼해."

겨우 용기를 내어 힘겹게 이야기했다.

"친자 검사를 해 보세요."

그가 처음으로 소리를 질렀다.

"친자 검사를 해? 기록으로 남겨서 어떻게 하자고?"

나는 아무런 대꾸도 할 수 없었다. 진실을 밝힌다고 하더라도 그것은 결국 거짓이었다.

여전히 아스팔트의 열기는 세상을 삶을 듯 끓어오르고 있었다.

용역회사 올드보이

∶
∶

봉임이 찾은 곳은 비밀스러운 분위기를 풍기는 창고 풍의 건물이었다. 철조망으로 중무장한 높은 외벽이 허름한 단층 건물을 완벽히 가리고 선, 기이한 구조였다. 쫓기듯 걸음을 옮기던 봉임이 뒤를 휙 돌아봤다.

하늘과 맞닿은 담장 위로 철통같이 경비를 서고 있는 CCTV, 봉임은 외부와 철저히 단절된 곳임을 알면서도 매번 반복되는 자신의 행동을 이해할 수 없었다.

서둘러 건물의 벽 앞으로 다가서자 그녀를 인식한 벽이 스르르 열렸다. 호흡을 가다듬은 그녀가 건물로 들어서기를 기다려 벽이 닫히고, 메마른 스피커 소리가 흘러나왔다.

—저희 올드보이를 찾아 주신 고객님께 감사드립니다. 귀하께서 의뢰하신 표적은 지하…….

봉임은 어둠에 익숙해질 즈음 감았던 눈을 뜨고 느긋하게 주위를 살폈다. 형광등의 파리한 불빛이 천정에서 가늘게 떨고 있고, 얼기설기 널린 거미줄이 떨리는 빛을 받아 더욱 괴기스러운 분위기를 만들어 냈다.

포탄을 맞아도 꼼짝하지 않을 것 같은 장식 없는 콘크리트 벽과 서늘한 냉기, 비로소 봉임은 세상으로부터 완전히 격리되었다는 사실을 깨닫고 안도했다.

또각, 또각, 또가악……

그녀의 구둣발에 밟힌 대리석이 앓는 소리를 냈다. 밖에서와는 사뭇 다른 봉임의 위풍당당한 걸음이었다.

지하로 향하는 엘리베이터 속에서 낯선 여자가 모습을 드러냈다. 창백한 얼굴에 짙은 선글라스, 핏빛 스카프, 개미 같은 허리, 무게감 있는 정장에 하이힐, 봉임은 엘리베이터에 비친 여자가 킬러처럼 멋지다고 생각했다.

B14의 버튼을 누름과 동시에 엘리베이터는 기다렸다는 듯 미끄러져 하강하기 시작했다.

봉임의 최종 목적지인 'B1404호'라 이름 붙은 육중한 철문 앞에 이르렀다. 그동안 세상에 드러내지 않고 갈무리해 두었던, 자신의 진짜 모습을 보여 줄 때라고 생각했다.

문에는 붉은 글씨가 선명했다.

표　적: 정길학

직　업: 고등학생

의뢰인: 나봉임

관 계: 원수

길학의 이름을 마주 대하는 것만으로도 미소가 사라지고 온몸에서 살기가 폭사되어 나왔다. 힘을 다해 문을 밀어젖히자 철문이 고통스러운 비명을 토해 냈다.

꽝.

문이 열림과 동시에 역겨운 피 냄새가 기습해 왔다. 영화의 한 장면처럼 두 손을 들어 장풍을 발사하자 역겨움은 순식간에 사라졌다.

"호호호……."

두 팔을 폼 나게 거두어들이며 웃음을 터트렸다. 얼마 만에 웃어 보는 것인지 실로 까마득했다.

"보, 봉임아."

쇠사슬에 손발이 묶인 길학의 눈동자는 공포에 질려 있었다. 탈의된 상체에서 드러난 근육질의 몸매와는 어울리지 않는 모습이었다.

"대체 왜 이러는 거야? 응?"

"몰라서 물어?"

알 수 없다는 표정을 지어 보이는 길학을 보고 봉임의 미간이 곤추섰다.

"이런 뻔뻔한."

봉임이 탁자 위에 놓인 당구공을 집어 힘을 다해 던졌다. 몸을 틀어 피해 낸 길학이 역정을 냈다.

"말을 해 말을, 그러다 맞으면 어떡하려고."

봉임이 당구공 하나를 더 집어 드는 것을 보고, 길학이 재빨리 말을 정정했다.

"아니다, 내가 잘못했다. 제발 그만해."

봉임이 소리 나게 당구공을 던져 놓으며 혀를 찼다.

"자식이 꼭, 쯧."

봉임은 시시각각 변하는 자신의 모습에 내심 실소를 금치 못하고 있었다.

"정말 잘못했어."

"알아."

"용서해 주는 거야?"

"미쳤어?"

"제발 용서해 줘."

"늦었어, 피를 보기 전에 용서를 빌었어야지."

"그동안 있었던 일은 비밀에 부칠게"

"비밀에 부치든 전을 부치든 그것은 네가 하고 싶은 대로 해."

"정말이다."

"누가 거짓말이래?"

"……."

"미안하지만 넌 이제 영원히 바깥세상을 볼 수 없어."

"어, 어떻게 하려고?"

"평생을 여기 갇혀 나의 노리개로 사는 거야."

"장난 좀 친 것을 가지고, 너무 심한 것 아니야?"

봉임의 얼굴이 다시 일그러졌다.

"장난? 그리고 뭐? 심해? 네가 한 그 장난에 난 수많은 밤을 뜬 눈으로 새웠어. 오로지 세상과 격리되는 길만이 치욕을 덮는 길이라 여기며 두 번의 자살을 시도했고."

"……미안해, 그렇지만 스스로 목숨을 끊는 바보 같은 짓은 하지 마."

"그렇게 할게, 그렇지만 너도 내게서 알량한 동정심을 바라지는 마. 내가 자살을 포기한 이유는 나의 죽음으로 인해 고통받을 부모님을 생각해서니까."

"어쨌든 고마워."

"고마워할 필요 없어, 내가 이놈의 세상과 격리되기를 포기한 대신 너를 격리한 거니까."

"농담하지 마."

"농담? 내가 지금 너하고 농담하는 것으로 보여?"

"……."

"난 너와 같은 하늘 아래서 사는 자체가 싫어, 알겠니?"

"차라리 날 죽여라."

"미쳤냐? 널 없애고 나면 나는 삶에 대한 의미를 잃을 것이다. 호호호."

"진짜 미쳤군."

"그래 미쳤다. 내가 널 반쯤 죽여 놓고 가면, 이곳에서 너를 왜 치료해 주는지 알아?"

의아해하는 길학에게 봉임이 비릿한 미소를 던지며 말을 이었다.

"내가 이곳 용역회사에 특별히 부탁해 뒀어. 네가 죽으면 절대로 안 된다고, 내가 살아가는 이유라고."

"네가 뭔데?"

"나? 나로 말할 것 같으면, 이곳의 지배자지."

"네까짓 게 무슨……."

"쉿! 세상은 변했어, 나 같은 사람도 살기 많이 좋아졌다고."

도저히 알아들을 수 없다는 표정의 길학이었다.

"정확히 말하자면 나는 용역회사 올드보이의 1404호를 임대했고, 임대료의 지급을 멈추지 않는 한, 세상 모두가 나를 무시하고 경멸해도 이곳 1404호만큼은 나에게 절대권이 있어. 대통령의 할아버지가 와도 어떻게 할 수 없는 곳이란 말이야, 알겠니?"

"지독한 년."

짝, 짝, 짝.

봉임이 소리 나게 손뼉을 쳤다. 실내를 벗어나지 못한 손뼉 소리가 메아리가 되어 돌아다녔다.

"그래 맞췄어, 난 지독해. 원래 나같이 순한 사람이 화나면 더 무섭고 지독한 법인데 몰랐어?"

그녀가 벽장으로 다가섰다. 벽장문을 열어젖히자 벽장 속에서 총, 새총, 채찍, 낫, 도끼, 망치, 톱, 칼 등이 모습을 드러냈다.

"슬슬 시작해 볼까? 음, 오늘은 아리랑 고문으로 해야겠다."

봉임이 채찍을 꺼내 입에 물고 소매를 걷어 올리며 환하게 웃었다.

"눈은 가리지 않겠다. 엎드려서 피하든 뛰어서 피하든 그것은 네 자유다. 호호호."

자신의 말에 자지러질 듯 웃어 젖히는 봉임을 보고, 공포에 질린 길학이 몸을 웅크리며 소리쳤다.

"이 미친년, 제발 그만해."

길학이 뒷걸음질 쳤지만, 피할 곳이 없었다. 사정해도 봐줄 것 같지 않은 봉임을 향해 이번엔 으름장을 놓았다.

"내가 나가면 넌 죽어."

"그래? 맘대로 해. 대신 지금은 내 맘대로 할 거야."

길학의 얼굴이 눈에 보이게 일그러지는 것을 보고 봉임이 탄성을 질렀다.

"오, 하느님 감사합니다. 세상에 이렇게 통쾌한 일이 있을 수 있다니, 천지가 개벽하고 있는 것입니다."

"이러면 너도 무사하지 못할걸."

"그럴지도 모르지. 그렇지만 상관없어, 난 이미 세상을 포기했거든."

"……."

"그거 알아?"

"뭘?"

"너희 같은 부류들은 힘센 사람을 두려워하지만, 정말 두려워해야 할 사람은 세상을 포기한 사람이라는 거."

어금니를 악물고 휘두르는 봉임의 채찍에 맞아, 길학의 몸에서 핏물이 배어 나왔다.

"컥, 다시 한번만 생각해 줘."

눈물을 흘리며 애원하는 길학, 봉임이 생각에 잠긴다.

봉임이 다니는 고등학교는 남녀공학이었다.

평범한 얼굴에 뭉땅한 몸매, 별칭 땅콩으로 불리는 그녀는 남학생들에게 인기가 없었지만, 상관하지 않았다. 그들이 관심을 두거나 말거나 봉임은 남자 친구 따위의 필요성을 느끼지 못하고 있었다.

사건은 수학여행에서 벌어졌다. 내성적 성격의 그녀에게도 수학여행은 설렘, 그 자체였다.

단군 이래 최고의 업적을 자랑한다는 광개토대왕의 유적을 돌아보고 일과를 마친, 중국에서의 마지막 밤이었다. 중국의 참모습을 보기 위해서는 밤을 느껴야 한다며 선생님들은 대거 유흥가로 나가셨다.

사건은 길학에 의해 시작되었다. 몇몇 아이들이 불을 피워 두고 술을 먹는 호텔 뒤편의 마당에서였다.

"자, 왔습니다, 왔어요. 약장수가 왔습니다. 평생에 딱 한 번 오는 고교 수학여행을 그냥 보내 버릴 수는 없는 일 아니겠습니까? 모두 이쪽으로 모이세요."

아이들이 하나둘 모여들었다.

"지금부터 나 정길학이 여러분께 일생에 남을 소중한 추억을 만들어 드리도록 하겠습니다."

항상 누군가의 희생을 필요로 했지만, 길학의 주위에는 흥밋거리가 있었기 때문에 아이들이 하나둘 모여들었다. 봉임도 그중 하나였다.

평소 같으면 길학의 그림자만 보아도 피해 갔겠지만, 그의 말마따나 평생에 단 한 번뿐인 고등학교 수학여행의 마지막 밤을 그냥 보내 버릴 수는 없는 일이었다.

유머와 쇼맨십을 겸비한 길학은 자타가 공인하는 일진이었다. 공부만 빼고 못하는 것이 없었다. 운동이면 운동, 싸움이면 싸움, 분위기를 띄우기도 곧잘 했지만, 아이들을 희롱거리로 전

락시켜 스포트라이트를 받는 것도 수준급이었다.

사제 간의 예절이라고는 눈곱만큼도 찾아볼 수 없는 길학이 횡포를 일삼아도 교사들은 모른 척 외면했는데, 그것은 그가 일진이어서라기보다는 길학의 뒤에 버티고 있는 육성회장 아버지 때문이었다.

하늘을 향해 치켜든 길학의 손에는 금색으로 빛나는 터보 라이터가 들려 있었다.

"지금부터 시가 88만 원짜리 라이터를 상품으로 걸고 게임을 하도록 하겠습니다."

누군가의 손에 의해 타오른 장작의 불꽃이 허공으로 날아오르는 멋진 밤이었다. 삼삼오오 어울려 술을 먹는 아이들도 점점 늘어났다. 분위기는 그렇게 무르익어 갔다.

"먼저 아리랑 게임을 하겠습니다."

두 명의 아이로 하여금 양쪽에서 무릎 높이로 줄을 팽팽히 당기도록 한 길학이 게임 규칙을 일러 주었다.

"눈을 가리고 줄의 위를 넘어 아래로 돌아오는 간단한 게임입니다. 줄에 닿지 않고 3회를 반복하면 라이터의 주인이 됩니다. 도전하실 분?"

욕설을 입에 달고 살던 길학이 높임말을 하다니, 3학년이 되면 학생회장 선거에 나가려는 사전 포석일까? 아니면 뒤늦게 철이라도 든 것일까? 그런저런 생각을 하고 있을 때였다.

"저요."

길학의 똘마니 노릇을 하는 정동이 앞으로 나섰다. 그 순간 봉임은 엉뚱하게도 아버지의 모습이 떠올랐다.

봉임이 전교 10등 안에 들면 담배도 끊어 버리겠다던 아버지. 비록 막노동을 하시지만, 오만 원짜리 창고 정리 정장을 입으면서도 봉임에게는 기죽지 말라며 신형 스마트폰을 사 주시던 아버지.

당신 자신에게는 지지리 인색하지만, 봉임에게는 넉넉한 아버지의 유일한 낙은 담배였다. 감사하다는 말 한마디 변변히 하지 못했는데, 수학여행 선물이라며 88만 원짜리 금빛 터보 라이터를 턱 안기면 얼마나 좋아하실까.

봉임이 뒤늦게 손을 들려고 했으나 벌써 수건으로 눈을 가린 정동이 게임을 시작하고 있었다. 정동이 실패해 다음 기회가 주어진다면 재빨리 손을 들고 나갈 것이라 다짐하며 게임을 지켜봤다.

"정동 선수 준비되셨습니까?"

"네."

시작을 알리는 길학의 호루라기와 함께 줄을 훌쩍 뛰어넘은 정동이 바닥에 엎드려 줄 밑을 통과할 때였다. 길학이 손짓하자 줄을 들었던 두 명의 아이들이 줄을 거두어들였다. 정동 혼자 줄도 없는 바닥을 기고 있었다.

길학의 입에서 긴박한 소리가 터져 나왔다.

"어? 닿겠다, 엉덩이 닿는다. 더 낮게 더, 오케이."

아랫도리를 바닥에 완전히 밀착시키며 한참을 더 기어가고서야 일어서는 정동, 방향감각마저 잃어버린 듯 엉뚱한 방향으로 몸을 틀어 또다시 줄을 넘으려는 자세를 취했다. 쿡쿡거리던 아이들의 입에서 봇물 터지듯 웃음이 터져 나왔다.

허공을 뛰어넘고 바닥을 기어다니기를 반복한 정동이 게임을 끝낸 곳은, 게임을 시작한 곳으로부터 한참이나 떨어진 곳이었다. 배를 잡고 웃는 아이들의 웃음소리가 운동장을 메우고도 남았다.

"네, 정동 선수 축하합니다."

아이들을 따라 입가에 웃음을 머금은 채 웃어야 할지, 말아야 할지를 결정하지 못하고 있던 정동이 라이터를 받으며 환하게 웃었다.

"자, 다음은 육백 근 놀이를 하겠습니다. 역시 시상은 라이터고 이번엔 여학생의 도전을 받게……"

"저요, 저요, 저요."

길학의 말이 채 끝나기도 전에 봉임이 손을 번쩍 들며 뛰쳐나갔다. 라이터를 갖기 위해서라면, 그 정도의 웃음거리는 아무것도 아니라는 생각을 하고 있던 터라 잠시의 주저함도 없었다.

"도전하실 분 더 없습니까?"

길학이 이마에 손을 얹어 멀리 찾는 시늉을 거듭했다.

"그럼 다른 도전자가 없는 것으로 알고 땅콩으로 결정하겠습니다. 박수."

누군가로부터 시작된 손뼉 소리가 밤공기를 가득 메웠다. 봉임도 덩달아 손뼉을 쳤다.

길학은 정동을 바닥에 엎드리게 하고, 자신을 따르는 추종자 중 한 명으로 하여금 정동의 위에 반대 방향으로 엎드리게 했다. 둘을 침대 삼아 하늘을 향해 봉임을 눕게 한 뒤, 정동에게 봉임의 다리를, 근성에게는 봉임의 팔을 겨드랑이로 끼게 했다. 그때까지만 해도 봉임의 뇌리에는 오로지 라이터밖에 없었다.

작은 막대를 손에 든 길학이 마치 지휘자처럼 군중들을 향해 외쳤다.

"이제부터 육백만 불을 줘도 볼 수 없는 놀이, 육백 근 놀이를 시작하겠습니다."

다시 울리는 손뼉 소리, 봉임은 팔을 억류당해 손뼉을 칠 수 없었다.

"땅콩 아가씨의 몸무게는 몇 근?"

길학의 외침에 정동이 큰 소리로 대답했다.

"육백오십 근."

"땅콩 아가씨의 근수가 좀 나가는군요. 육백 근을 맞추려면 오십 근을 줄여야 하는데……."

길학이 순간적으로 봉임의 윗도리를 걷어 올리자 봉임의 분홍빛 브래지어가 모습을 드러냈다. 길학의 갑작스러운 행동에 놀란 아이들이 벌어진 입을 다물지 못했다. 시간이 멈춰진 듯 정적이 흘렀고, 봉임의 비명이 밤하늘에 흩날렸다.

"아, 악, 하지 마."

길학은 느긋했다.

"게임은 육백 근이 되어야 끝납니다. 기다려 주세요."

봉임은 사력을 다해 몸부림쳤으나 손발이 억류되어 꼼짝할 수 없었다. 술에 취한 아이들의 입에서 나온 웃음소리가 전염병처럼 번져 나갔다.

비릿한 미소를 머금은 길학이 봉임의 상의를 들어 올리며 소리쳤다.

"몇 근?"

정동이 우렁차게 대답했다.

"육백, 이십 근."

"그럼 이십 근을 더 줄여야겠는데……."

뛰고 구르며 웃는 아이들, 길학의 만행에 모두가 동화되어 가고 있었다. 봉임이 짐승 울부짖는 소리를 토해 냈지만, 누구 하나 말리는 이는 없었다. 공범이 된 군중들의 폭소만 난무했다.

봉임의 의식은 점점 희미해져 갔다. 어렴풋하던 아이들의 모습은 형체를 알아보기조차 힘들어지고, 떠오르던 보름달마저 아스라이 스러져 갔다.

　한강을 바라보고 있는 봉임의 공허한 눈동자에 도시의 빛이
일렁거렸다. 바람 한 점이 스쳐 지나간 까닭이었다.

　강 속에는 도시가 머리를 거꾸로 처박은 채 빠질 듯 위태롭게
흔들리고 있고, 한강을 가로지른 다리를 따라 유리구슬처럼 빛
나는 조명이 강으로 떨어지며 눈을 부라렸다.

　유람선 한 척이 도시 속으로 들어가자 흔들림은 격심해졌다.
이내 도시는 형형색색의 빛으로 부서지고, 물 위에는 도시의 잔
해들이 번들거리기 시작했다. 그러다 도시는 다시 자신의 모습
을 되찾는 묘한 형상이 반복되었다.

　도시가 강 속으로 빠져 버리길 기다리던 봉임은 서서히 지쳐
가고 있었다.

　드센 바람이 허공을 휘감아 올랐다. 그러자 봉임의 뒤에 늘어
서 있던 꽃들이 향기를 토해 내기 시작했다. 꼼짝도 하지 않을
것 같던 봉임의 고개가 서서히 돌려졌다.

　철모르고 핀 코스모스 잎이 세상으로부터 소외된 자신의 모
습처럼 휘둘리고 있고, 인간들의 보호를 받은 도종환 시인의
'접시꽃 당신'이 꽃가루를 표창처럼 날려 대며 비웃었다.

　봉임은 자신의 머리가 우수수 빠져나가 바람에 흩날리는 착
각에 사로잡혔다. 그러나 상관없었다. 코스모스의 목이 꺾여

바람개비처럼 돌아가든 말든, 세상이 강물 속으로 빠져 버리든 말든.

운동을 위해 오가는 사람들이 실낱같은 먼지를 피워 올리며 도시를 빠져나갔다. 모두가 역겹기만 했다, 바람을 업은 꽃 냄새도 먼지를 업은 사람 냄새도.

어머니와 아버지의 얼굴이 강에 떠 있는 달 속에서 모습을 드러냈다. 비로소 봉임의 입가에도 옅은 미소가 떠올랐다. 그러나 그것도 잠시였다. 봉임의 뇌리에 똬리를 틀고 앉은 길학이 모조리 밀어내고 조소했다.

길학을 털어 내리는 듯, 머리를 미친 듯이 흔들어 대던 봉임이 움직임을 뚝 멈추고 도시를 노려봤다. 그리고 도시 속으로 걸어 들어가기 시작했다. 강 속으로 빠져 버리길 그토록 기다리던 도시, 머리를 거꾸로 처박은 도시 속으로.

낯익은 냄새, 진하게 배인 소독약 냄새였다. 봉임은 정신이 들었으나 눈을 뜨지 못하고 있었다. 신경을 손에 집중시키자 역시나 손등에 꽂힌 주삿바늘.

생각의 끝을 되짚어 보면 역겨움이 가득했던 강변으로 돌아간다. 접시꽃이 머리카락을 모조리 뽑아 가고, 코스모스 잎이 날아와 목을 휘감았었다. 머리에 똬리를 틀고 앉은 길학을 죽여 버리기 위해 강으로 들어가지 않았던가.

봉임의 생각을 밀어내고 귀에 익은 목소리가 들려왔다.

"얼마 전에는 동맥을 끊었었지요."

어머니의 목소리였다.

"그랬었군요."

동정심 가득 담은 낯선 목소리, 아마도 옆 환자의 보호자일 것이다.

약간의 침묵이 흘렀다. 낯선 아낙의 기다림에 지친 어머니가 입을 열었다.

"학교에 가지 않으려고 하는 것을 보면 학교에서 무슨 일이 있었던 것 같은데, 말을 하지 않아요."

"학교폭력으로 많은 아이가 목숨을 끊지요. 학교로 찾아가 도움을 청해 보세요."

"학교 측에서는 특별한 일이 없었다는 말만 되풀이했어요, 무성의하게."

"무슨 일을 당했기에 쯧, 쯧."

눈물 한 줄기가 봉임의 눈꼬리를 타고 흘러내렸다.

"정신병원을 한 번 가 보시는 것이 어떻겠어요."

"정신병원요?"

"네."

"정신과를 가면 자살을 막을 수 있을까요?"

"용하다는 병원을 알고 있어요."

빛바랜 현관의 정신과 개인병원.

어머니의 손에 떠밀린, 낡은 목조 문이 귀신 울음소리를 냈다.

끼익.

낡은 벽지가 군데군데 얼룩져 있고, 당연히 인사를 해 오며 안내를 맡아야 할 간호사는 보이지 않는다. 누렇게 탈색된 가운을 입고 카운터에 앉아 있는 사내의 머리카락은 언제 감았는지 추측하기 힘들 정도로 기름기가 번들거렸다.

봉임과 어머니가 들어왔는데도 사내는 눈길 한 번 주지 않고 뭔가에 열중하고 있었다.

"저기요."

어머니의 말에 사내가 기계적으로 서류 한 장을 카운터에 올려놓았다. 처음 온 환자에게 제공되는 신상 기록지였다. 봉임이 기록지를 적는 동안 어머니는 사내의 행동을 지켜보고 있었다.

쓰기를 마친 봉임의 손에서 종이를 받아 든 어머니가 사내를 향해 다가섰다. 사내는 핸드폰 게임 중이었다.

"여기가 자살 환자를 전문으로 치료한다는, 용하다는 병원이 맞나요?"

"글쎄요. 자살을 방지하기 위해 치료는 하지만 전문으로는 하지 않고, 용하다는 말은 틀린 것 같네요."

핸드폰에서 시선을 거두지 않은 채였다.

"의사 선생님은 어디 계시죠?"

"……."

대답을 기다리던 어머니가 짧은 한숨을 터트리자, 사내가 마지못한 듯 대답했다.

"제가 의삽니다. 환자만 남고 보호자는 가세요."

할 말을 잃은 어머니가 의사의 입에서 나오는 술 냄새를 찾아냈다.

"술 드셨어요?"

"네."

한 점의 부끄러움도 없는 의사의 대답에, 어머니가 몸을 홱 돌리는 것으로 화를 대신했다.

"가자, 의사가 괴팍하다더니 개판이구나."

봉임이 의사를 쳐다봤다. 의사는 처음 왔을 때 그 자세 그대로였다.

"엄마 먼저 가. 난 기다렸다가 치료받고 갈게, 딱히 할 일도 없는데 뭐."

의사를 노려본 어머니가 입맛을 다시며 건물을 나갔다.

멍한 시선의 봉임과 핸드폰 게임에 열중하고 있는 의사의 상태는 묘한 대립을 이루고 있었다. 누구도 답답할 것 없는 듯했다. 먼저 손을 들고 나온 사람은 의사였다.

"따라와."

카운터에서 일어난 의사가 원장실 문을 열고 들어갔다. 시선을 허공에 둔 봉임은 움직이지 않았다. 의사가 다시 봉임을 부르는 일은 없었다. 한참을 지난 후, 봉임이 느릿느릿 움직여 원장실로 들어갔다.

의사는 근엄한 등받이 의자에 쪼그리고 앉아 핸드폰을 조작하고 있었다. 봉임이 의자에 앉기를 기다려 따지듯 물었다. 역시 시선은 핸드폰에 둔 채였다.

"왜 죽으려고?"

봉임의 침묵에 의사는 한풀 꺾인 목소리로 다시 물었다.

"꼭 죽어야 할 이유라도 있나?"

"……."

"오늘 치료 끝. 내일 다시 와."

"……."

의사가 핸드폰에서 시선을 거두어 봉임을 쳐다봤다.

"안 가?"

"갈 데가 없어요."

"……오라는 곳으로 가면 되잖아."

"오라는 곳도 없어요."

봉임의 핸드폰이 요란한 소리를 내며 울어 젖혔다.

따르릉.

어머니였다.

"네."

―안 와?

봉임이 의사를 슬쩍 쳐다봤다.

"치료 중이에요."

―뭔 치료를 그렇게 오래 해?

"……아주, 잘해요."

―끝나면 바로 와.

"네."

다시 핸드폰 게임에 열중인 의사의 말은 당당했다.

"만 이천 원."

"네?"

"치료비."

봉임이 의사를 쳐다봤다.

"뭘 치료하셨다고……."

"아주 잘한다며?"

"킥, 참, 나."

봉임의 실소에 아랑곳하지 않고, 의사는 게임이 마음대로 되지 않는 듯 신경질적으로 액정을 두드려 댔다.

"뭐 하세요?"

"죽일 년이 있어서."

"……."

"여편네가 그동안 벌어 두었던 돈 다 들고 날라 버렸어, 젊은 놈하고 눈이 맞아서."

끼루룩.

핸드폰이 죽는 소리를 냈다. 비로소 의사가 핸드폰을 던지듯
밀어 놓았다.

"평생 일만 하며 살아왔어."

"……."

"마누라에게 배신당한 나 자신이 싫어서 죽어 버리고 싶은데,
아이 때문에 죽을 수가 있어야지."

딱히 할 말이 떠오르지 않아 침묵하는 봉임에게 의사는 침을
튀겨 가며 떠들어 댔다.

"그런데, 이 년이 젊은 놈에게 돈 다 뺏기고 돌아왔어, 미쳐 버
리지 내가."

"……."

"내가 죽든지 아니면 이년을 죽여 버리든지, 아주 결판을 내
려고 했는데."

"……."

"내가 죽든지 아니면 이년을 죽여 버리든지, 아주 결판을 내
려고 했는데."

한숨을 길게 내쉰 의사가 몸을 의자 등받이에 깊숙이 기댔다.

"그런데요?"

"마음을 바꿨어."

"어떻게요?"

"죽지 않기로."

"그럼, 죽일 건가요?"

"아니."

"아니면요?"

"용역회사에 의뢰해 감금시켰어, 영화 〈올드보이〉에서처럼."

봉임이 의자를 바짝 당겨 앉았다.

"최민식 영화요?"

"응, 수시로 드나들면서 괴롭히고 있는데 아주 재미있어. 내가 학대하지 못하도록 접시를 던지기도 하고, 주먹으로 반항하기도 해. 하지만 나의 노리개일 뿐이야."

"그랬군요."

"너는 어떻게 했기에 실패했어?"

"저녁 여덟 시쯤, 한강으로 들어갔는데 누군가 구해 냈나 봐요."

"그렇게 하니까 당연히 실패하지. 사람들이 밤에 얼마나 많이 다니는데, 사람이 없을 때 주위를 충분히 살핀 다음에 들어가야지."

"……."

"무서워서 도중에 나올 수도 있으니까, 다리 위에서 뛰어내리는 것이 더 나아. 네가 죽으면 부모님은 살아도 산 것이 아닐 것이다."

"……."

"어머니도 한 성질 하겠던데? 비바람이 거세거나 태풍 칠 때 다리 위에서 뛰어 버려."

봉임의 턱 근육이 부풀어 올랐다. 의사는 초연하게 이야기를 이어 갔다.

"성적이라는 것이 마음대로 되는 것도 아닌데 부모들은 1등을 원해. 부모가 바라는 대로 공부하려면 심장이 터져 버릴 거야. 그러니까 죽어 버리는 것이 상책이지."

봉임이 의사의 말을 잘랐다.

"그게 아니고요."

의사가 봉임을 힐끔 쳐다보고 말을 바꿨다.

"친구와 다퉜구나. 하여튼 요즘 애들……."

"그게 아니라……."

"아니면 용돈?"

"아니에요, 성추행을 당했어요."

봉임은 그동안 입에 담기도 싫었던 말, 생각하기도 싫었던 순간을 자신도 모르게 이야기하고 말았다.

"저런, 어떤 놈이야? 그런 놈은 당장 감옥에 보내……"

의사는 종일 떠들어 댈 기세였다. 묘한 기분이었다.

그녀는 고개를 끄덕이며 의사의 말을 막았다. 그리고 수학여행에서 있었던 일, 생각하기도 싫은 지난 일들을 다투듯 이야기하기 시작했다.

"저런, 쳐 죽일 놈이 있나……. 그래서? ……거열형에 처해서 시체를 산짐승들의 밥으로 줘 버려야 하는데……. 머리를 저잣

거리에 효수하고……. 감옥에는 보냈지?"

의사는 봉임이 이야기하는 내내 광분하여 분통을 터트렸다. 봉임의 그늘졌던 얼굴에 한 가닥 미소가 피어올랐다.

"그놈 아버지의 힘이 막강해요. 전에도 학교에서 한 아이가 그놈에게 성추행당해 경찰에 신고했는데, 다음 날 그놈은 아무 일 없었다는 듯 학교를 나왔고 당한 아이는 전학을 갔어요. 우리 집보다 훨씬 잘사는 집 아이였어요."

"그래도 경찰에 신고는 해야지."

"경찰은 더 나빠요. 그만한 나이의 아이들에게는 일어날 수 있는 장난에 불과하대요."

"경찰부터 쳐 죽여야겠군."

"그렇죠? 또 내가 자청해서 게임을 했고, 시상으로 라이터를 받았기 때문에 처벌이 힘들대요. 특히나 수학여행 땐 조금 지나친 장난이 따르는 법이라면서요."

"장난 같은 소리 하고 있네, 쯧. 라이터는 어쨌어?"

"아버지……."

"풋."

"아버지에게 라이터를 꼭 선물하고 싶었단 말이에요."

봉임의 표정이 다시 일그러졌다.

"그런데 그 라이터는 88만 원짜리가 아니고, 천 원 넣고 길거리에서 뽑은 거래요."

"완전히 농락당했군."

"네, 더 말해 봐야 바보만 될 것 같았어요. 그래서 법적 대응을 포기했어요. 막강한 뒷배를 가진 놈의 아버지에 비해 우리 아버진 너무 착하시거든요."

"무능한 게 아니고?"

봉임이 노려보자 의사가 서둘러 말을 번복했다.

"미, 미안 착하신 거 맞다."

"……세상이 아무런 의미가 없어요."

"……그냥 두면 다른 사람에게 또 그럴 텐데."

"그렇겠죠."

"……그런 놈은 갈아서 마셔 버려야 하는데."

"정말 그렇게 생각하세요?"

"그것도 약해. 네 생각은 어때?"

"제 생각도 그래요."

"네가 죽을 일이 아니라, 그놈을 잡아다 감옥에 가둬 놓고 아주 돼지처럼 사육시키면서 두고두고 제대로 복수해야 하는 거 아냐?"

"이야기했잖아요. 그쪽에 막강한 뒷배가 있어 법적 대응을 포기했다고요."

"세상엔 법만 있는 것이 아니잖아."

"……그러고 싶지만 저에겐 힘이 없어요."

"내가 도와줄까?"

교복을 입혀 주기 위해 옷을 들고 서 있는 어머니의 손끝이 가늘게 떨렸다. 봉임이 못 본 척 뒤돌아서 소매 속으로 손을 집어넣었다. 손목을 그은 상처가 형광등 불빛에 비쳐 번득였다.

"괜찮겠어?"

"뭐, 어때서요."

어머니는 오랜만에 등교를 준비하는 봉임의 보조를 맞추고 있었다.

"다녀올게요."

"일찍 들어와."

"늦을 거예요."

입김을 불어 라이터를 닦고 있던 아버지의 근엄한 목소리 끝이 갈라져 나왔다.

"일찍 일찍 다녀라."

봉임의 생각은 벌써 용역회사의 길학에게 가 있었다. 학교 수업을 마치면 바로 그곳으로 달려갈 생각이었다. 공부도 그곳에서 하면 머리에 쏙쏙 들어왔다. 공부의 성취도는 길학이 받는 고통의 크기와 비례했다.

"공부하고 올 겁니다요. 이번엔 꼭, 전교 10등 안에 들어서 아빠의 담배를 끊게 해야겠거든요."

애써 장난스러운 봉임의 말에 아버지가 담뱃불을 붙이며 인상을 썼다.

"이러다 정말 담배 끊어야 하는 거 아냐?"

곱게 눈을 흘기는 어머니의 말이 이어졌다.

"집에서 담배 좀 피우지 마세요, 아침부터."

"저 녀석 하는 거 보니까 앞으로는 밖에서도 못 피겠는걸."

웃음을 머금은 어머니가 하이 파이브를 위해 손을 들고 소리쳤다.

"우리의 무남독녀 나봉임 파이팅!"

소리 나게 손바닥을 친 봉임이, 떨떠름하게 보는 아버지에게 혀를 쏙 내밀어 보이고는 도망치듯 밖으로 나갔다.

그제야 어머니의 눈에서 눈물이 떨어져 내렸다. 담배 연기를 내뿜고 연기의 끝자락을 올려다보는 아버지의 눈가에도 물기가 어리고.

긴 생각에서 깨어난 봉임의 입술이 파르르 떨렸다.

"아무리 생각해 봐도 용서가 안 돼."

길학이 말을 더듬거렸다.

"너, 너, 한 번만 더 때리면 정말 가만두지 않는다."

"가만두지 않으면?"

미소 짓는 봉임, 춤추는 채찍, 봉임의 귀에 또렷이 들려오는 소리.

"큭, 용서해 줘, 정말 이렇게 할 거야? 내가 잘못했어, 살려 줘, 누구 없어요? 도와주세요. 살려 주세요."

오만방자한 길학이 바지에 오줌을 지리며 나오는 대로 주절 거리는 꼴이라니, 그렇게 통쾌할 수가 없었다. 대한민국 만세 였다.

어느새 옆으로 다가온 의사가 어깨너머로 길학을 보고 있었다.

"잘한다. 저런 놈은 인정사정 봐줄 거 없어."

길학이 의식을 잃고 몸을 늘어뜨림과 동시에 메마른 스피커 소리가 다시 울려 퍼졌다.

―표적이 의식을 잃었습니다. 치료하시겠습니까?

봉임이 '네'라고 적힌 액정을 터치하자 쇠사슬에 묶인 채 의식 을 잃은 길학을 구급차가 이송해 갔다.

"선생님, 저의 사건에 관련된 모든 사람에게 복수하고 싶어요."

"사진 있어?"

"네, 사건에 관련된 사람은 모조리 찍어 왔어요."

"이젠 직접 표적을 만들어 봐."

봉임이 핸드폰을 조작하자 메마른 스피커 소리가 울려 나왔다.

―표적을 형성하시려면 사진이 필요합니다. 갤러리의 사진 을 불러오시겠습니까?

핸드폰 조작에 열심인 봉임의 이마에 땀방울이 맺히기 시작했다. 지켜보는 의사의 얼굴에 보일 듯 말 듯 미소가 맺혔다.

"내일 태풍 온다던데……."

손동작을 멈춘 봉임이 의사를 쳐다봤다.

"그런데요?"

"자살하려면 내일이 적기가 아닐까 싶어서."

"미쳤어요? 선생님부터 표적으로 만들어야겠어요."

사진을 찍으려는 봉임과 찍히지 않으려는 의사 사이에 실랑이가 벌어진다.

연산동 OX

:

　대한민국 정부는 범죄와 전쟁을 벌이면서까지 폭력 조직을 엄단해 왔다. 또한 조직폭력배를 검거하는 검·경 관계자에게 인사고과 점수를 얹어 주며 지속적인 검거를 유도해 왔다. 그들의 계획대로라면 대한민국 폭력 조직은 벌써 씨가 말랐어야 정상이었다. 그러나 전국에는 수많은 폭력 조직이 존재한다.

　부산 역시 다를 바 없다. 시내를 거점으로 각종 영화의 주인공을 길러낸 칠성파, 조방 앞을 거점으로 반칠성의 선두에 선 유태파, 칠성의 오랜 숙적 20세기, 서면을 거점으로 둔 물개파, 변방 동래 온천장의 온천파…….

　검·경에서 폭력의 무리를 잡아 구치소에 가두면, 그들이 있었던 자리에는 어김없이 새로운 조직이 탄생하여 잡초처럼 자라났다. 그러다 처벌을 마친 기존의 무리가 자리로 돌아가면 폭력 조직은 배가 되는, 조직폭력의 세계는 죽여도 죽여도 다시 살아나는 좀비 같은 세계였다.

부산 연산동에 위치한 남녀공학의 한 고등학교.

점심시간이 되자 교실은 혼란스러웠다. 군데군데 무리를 지어 웅성거리는 아이들, 밥을 먹는 아이, 잠을 자는 아이……. 일진인 염덕은 옆 반에서 놀러 온, 역시 일진인 대권과 칠판지우개를 던지며 장난을 치고 있었다.

대권은 시간만 나면 줄곧 염덕의 반이자 달기의 반을 찾아와 머물렀다. 학교 최고의 미모를 자랑하는 달기가 자신의 여자임을 선포하고, 그 누구도 가까이해서는 안 된다며 엄포를 놓고 있었다.

달기는 대권의 여자이기를 거부했지만, 대권은 달기와 관계를 가졌다는 소문까지 내며 집착을 보이고 있었다. 대권과 달기의 관계 여부가 학생들의 관심사였다.

염덕이 칠판지우개를 던지자 대권이 손으로 쳐 냈다. 그러자 칠판지우개는 분필 가루를 폭약처럼 날리며 밥을 먹고 있던 상진의 도시락으로 추락했다.

얼굴을 일그러뜨린 상진이 칠판지우개를 도시락에서 꺼내 책상 모퉁이에 올려 두고, 다시 밥을 먹으려는 자세를 취했다. 옆에서 보고 있던 대권이 상진의 머리를 툭 쳤다.

"인상 펴라, 인마."

기분이 상한 상진이 고개를 들어 노려봤다.

"눈 깔아라."

대권이 거만한 말투를 내세워 자신이 일진임을 각인시켰다. 상대를 확인한 상진의 얼굴에 곤혹스런 빛이 스쳐 지나갔다.

상진이 고개를 돌리다 달기와 눈이 마주쳤다. 그녀의 눈동자는 에일 듯 시려 보였다. 그녀는 빈민가에 살고 있는 상진의 이웃으로서, 모든 남자아이들의 가슴속 연인이었다.

상진이 고개를 되돌려 다시 대권을 노려보자 대권은 자존심이 상했다. 달기의 앞이라 더욱 그랬다.

"눈 깔아라, 눈."

대권이 칠판지우개를 이용해 상진의 뒤통수를 툭툭 때려 댔다.

"눈 안 깔아?"

교실은 긴장감에 휩싸이고 아이들의 시선은 상진에게 집중되었다. 상진의 머리는 대권의 손길이 거듭될수록 하얗게 탈색되어 갔다. 대권의 기세에 제압당한 듯 상진이 슬며시 눈을 내려깔았다. 그때까지만 해도 사건은 그렇게 마무리되는 줄 알았다.

대권이 손을 내린 순간, 순간적으로 몸을 비튼 상진이 대권의 뺨을 향해 번개처럼 손을 날렸다.

짝.

있는 듯 없는 듯 학교생활을 해 왔던 상진이었다. 그에 비해 상대는 약자에게 강한 데다 잔인하기로 소문난 대권이었다. 그의 뺨을 때리다니, 그 누구도 예상치 못한 일이었다.

눈이 뒤집어진 대권이 상진에게 일격을 가하려는 찰나, 염덕이 만류했다.

"잠깐, 밖으로 나가자."

정신을 가다듬은 대권이 상진의 옷깃을 잡아끌었다.

"따라와 ××야."

상진이 대권의 손을 떨쳐 냈다.

"손 놔도 간다."

대권을 무시하는 상진의 행동에 교실은 또 한 번 긴장감이 감돌았다. 순간 염덕이 피식 웃었다.

"짜식, 목소리에 귀기가 서리는군."

"폭력을 일삼는 아버지와 자살을 기도하는 어머니에게서 물려받은 것이지."

경직된 반 아이들의 얼굴이 퍼렇게 질려 가는 가운데, 정작 바퀴벌레 하나 잡을 힘도 없어 보이는 상진은 느긋한 동작으로 분필 가루를 뒤집어쓴 밥의 윗부분을 걷어 내고, 속의 것을 한 숟갈 더 떠먹고서야 도시락을 닫아 가방 안에 갈무리했다.

대권이 상진을 데려간 곳은 연산교차로의 화물 주차장이었다. 아이들이 싸움할 때 주로 사용하는 장소로서, 대형 화물차들이 공터를 메우고 있는 데다 사람이 없어 음산한 곳이었다.

"넌 오늘 죽었어, ××야."

대권이 상진을 향해 거칠게 다가설 때, 상진이 오른쪽 바지 주머니에 넣고 있던 손을 빼냈다. 그리고 뭔가를 획 던졌는데, 대권이 엉겁결에 받아 든 것은 칼이었다. 대권은 손바닥으로 두 번을 튕긴 다음에야 칼날이 삐져나온 커터 칼을 잡을 수 있었다.

"어차피 살고 싶지 않았는데 잘됐네, 한 번에 끝내."

상진이 억양 없는 말투를 앞세워 대권에게 다가섰다. 상진의 기세에 당황한 대권이 멈칫거렸다. 숨어 있던 아이들의 짧은 탄성이 화물차 사이 곳곳에서 터져 나왔다.

"내가 할까?"

상진이 멈춰 선 대권에게 다가서자 대권이 한발 물러났다. 상진이 대권에게서 칼을 빼앗아 들었다.

"안 돼."

염덕이 다급히 외쳤다.

"안 되긴 뭐가 안 돼, 인생 O 아니면 X지."

상진이 한 치의 망설임도 없이 자신의 손목을 그어 버렸다. 피가 분수처럼 터져 나오자, 차 사이에 몸을 숨겼던 달기가 비명을 지르며 달려 나왔다.

―10년 후―

룸 곳곳에서 흘러나온 음악 소리로 미시 주점의 복도는 분잡했다. 가슴이 깊게 파인 원피스를 입은 화영이 앞서 걸으며 노

151

골적으로 불쾌감을 드러냈다.

"난 초보 싫은데…."

접대부용 짧은 치마를 입은 달기가 어색한 듯 치마 끝을 끌어내리며 화영의 뒤를 따라갔다. 룸의 입구에 멈춰 선 화영이 소리를 낮춰 말했다.

"미시 주점은 주대의 30퍼센트를 접대부들이 성과급으로 나눠 받기 때문에, 어떻게든 매상을 많이 올려야 돼. 무슨 말인지 알겠지?"

달기가 고개를 끄덕이자 화영이 룸의 문을 열고 들어갔다. 룸 안에는 두 명의 사내가 앉아 있었다.

"화영입니다. 오늘 온몸으로 모시겠습니다."

"다, 달기입니다."

사십 대의 대머리 사내가 웃음을 터트렸다.

"달기? 하하하. 주왕의 애첩이 환생하여 온 것 같군."

반대쪽에 있던 정장의 사내가 대머리 사내의 옆자리를 향해 손짓했다.

"왕후님, 그분이 주왕이십니다. 곁에 앉으시죠."

달기가 대머리 사내의 옆에 앉기를 기다려, 정장의 사내가 화영의 손을 끌어 자신의 옆에 앉혔다.

화영이 술을 따르고 건배를 제의했다.

"원샷을 강요하진 않겠습니다. 대신, 먹고 남은 것은 자신의 머리에 붓깁니다. 다 마시고 머리에 붓든, 조금만 마시고 나머지를 머리에 붓든 그것은 자유입니다. 자 멋진 밤을, 위하여."

화영의 제의에 사내들이 잘 훈련된 병사처럼 합창했다.

"위하여."

화영이 단숨에 잔을 들이켜고 빈 잔을 자신의 머리 위에 거꾸로 세워 털었다. 두 명의 사내도 화영을 따라 술을 마시고 잔을 머리 위에서 뒤집어 털었다. 달기 역시 잔을 비울 수밖에 없었다.

마늘 냄새를 풍기는 대머리 사내가 달기의 어깨에 팔을 올려 어깨동무를 했다.

"살롱 아가씨들은 손만 잡아도 기겁을 하는데, 미시들은 왜 가슴을 만져 달라고 안달하는지 모르겠어."

사내가 달기의 어깨에 걸쳤던 손을 달기의 가슴 속으로 불쑥 집어넣었다. 달기는 본능적으로 손을 떨쳐 내려 했지만, 앞좌석에서 눈을 부라린 화영을 보며 움직이지 못했다.

"허허, 요년 한 가슴 하는군, 수술했어?"

흡족한 웃음을 터트리는 사내의 말에 달기는 할 말을 찾지 못했다.

"그런 말씀 마세요. 자연산에다, 오라버니가 오늘 처음 나온 그년 첫 손님입니다."

화영의 말에 대머리 사내가 허리를 곧추세웠다.

"정말?"

화영이 엄지를 코에 대고 새끼손가락을 이마에 가져다 댔다.

"엄창."

"엄창?"

"내 말이 거짓말이면 엄마가 창녀란 뜻이에요."

대머리 사내의 입이 귀밑까지 찢어졌다.

"이런 영광이 있나. 내가 아무리 대머리지만, 달기의 첫 손님이 되어서 그냥 넘어갈 수는 없지."

대머리 사내가 팔을 거창하게 뻗어 시선을 집중시키더니, 안주머니에 있던 봉투를 꺼내 들었다.

"에라 이년아, 받아라."

대머리 사내가 달기의 가슴에 한 뭉텅이의 돈을 집어넣었다. 그리고 달기에게 입술을 내밀었다.

"부인 입술 한번 주시오."

달기는 어떻게 대처해야 할지 몰라 당황했다. 순간, 화영이 끼어들었다.

"제부 잠깐."

화영의 제지에 달기는 안도했다.

"나는? 처형 허락도 없이 순결한 동생의 입술을 탐하겠다고?"

"응? 그려! 당연히 처형의 허락을 받아야지. 마누라가 예쁘면 처형도 예쁜 법이여."

사내가 봉투에서 돈을 빼 화영의 가슴에 넣어 주자 화영이 행동을 과장해 날뛰었다.

"어머, 어머, 제부 멋쟁이."

사내가 다시 탐욕스런 얼굴을 들이밀었다. 달기는 거부해서는 안 될 분위기라 느꼈지만, 몸에는 닭살이 돋아나고 있었다.

연산동 지하철역의 5번 출구.

지은 지 수년이 채 지나지 않은 신축 건물들이 로터리를 기점으로 늘어서 있었다. 갖은 색상의 간판을 매달아 멋을 낸 건물들은 모조리 술을 파는 곳으로서, 불야성처럼 불을 밝혀 두고 밤을 유혹했다.

화물 주차장이 있던 자리가 상업지역으로 바뀌고, 부산의 유흥 문화가 대거 연산동으로 옮기면서부터 새로이 생겨난 상권이었다.

신축 건물의 한 귀퉁이에 포장마차 한 대가 붉은 천막을 드리우고 있었다. 염덕은 포장마차 반경 수십 미터를 샅샅이 살펴 이상이 없음을 확인하고서야, 비로소 긴장을 풀고 포장을 걷어 마차 안으로 들어갔다. 그의 얼굴은 여전히 굳어 있었다.

포장마차 안에는 상진이 혼자 술을 마시고 있었다. 그는 염덕의 기척을 느꼈을 법한데도 미동조차 하지 않고 있었다.

"배짱이 좋네. 지금 같은 분위기에 혈혈단신, 여길 다 오고."

염덕의 말에 상진이 마시려던 잔을 내려놓았다. 상진의 표정은 이 구역을 장악하고 있는 염덕보다 여유로워 보였다.

"이 지역이 상업지역으로 바뀌기 전에는 한잔씩 하는 사이 아니었나?"

"……상업지역으로 바뀌었잖아."

"그렇군! 그래도 혼자 온 나를 어떻게 할 정도로 네가 속 좁은 놈은 아니라고 생각하는데, 아닌가?"

"나를 띄워서 비겁하지 않게 만들겠다는 생각?"

상진이 옆에 놓아두었던 휴대폰의 액정을 밝혀 상태를 확인했다.

"좋을 대로 생각해라."

"그래, 어쩐 일로?"

상진이 대답 대신 놓았던 잔을 들어 술을 마셨다. 그리고 자신의 잔에 술을 따랐다. 대답을 기다리던 염덕이 다시 물었다.

"나의 힘을 빌려 대권이라도 치려고?"

상진이 긴 한숨을 내쉬었다.

"후우, 술이나 한잔 사라."

"술은 나보다 구역이 넓은 네가 사야 하는 거 아냐?"

"네가 술을 사야 할 이유가 있어."

"내가?"

염덕은 상진에게 술을 사야 할 이유를 생각했다.

학창 시절 염덕은 시험을 칠 때, 문제를 읽지도 않고 1, 2, 3, 4를 반복해 답을 적어 제출하고 교실을 나갔다. 조금이라도 빨리 만화방을 가기 위해서였다.

시험을 마치고 나가는 순위로는 상진도 만만치 않았다. 그렇다면 상진도 문제를 읽지 않고 답을 적었을 터, 하지만 뒤에서 수석은 어김없이 상진의 몫이었다. 의아해하던 차에 밝혀진 사실은 어이가 없었다.

답안지에 OX를 적는 상진에게 담임선생님은 '연필을 굴려 1, 2, 3, 4라도 적어라.'라고 사정했지만, 상진은 끝내 고집을 꺾지 않았다. 이유를 묻는 선생님께 상진은 '인생 O 아니면 X'라는 말만 되풀이했다.

상진은 대권과 화해를 한 이후 줄곧 운동을 해 자신의 입지를 굳혔고, 염덕의 주선으로 일진의 무리에 든 후에는 후배들을 두루 보살폈다. 그래서 보호자 같은 느낌을 주는 이상한 녀석이었다.

녀석은 노상 무협지만 가방에 넣고 다녔다. 더는 볼 만한 것이 없어 무협지 보기를 포기했다는 녀석은 그 후 고대소설을 끼고 다녔다. 불량배와는 어울리지 않게 책을 좋아해서 더 이상한 녀석이기도 했다. 녀석에 대해 연구를 거듭했지만, 도저히 이해가 불가능했다.

반면 대권은 수단과 방법을 가리지 않고 이기기를 좋아했다.

사람들은 놈을 두고 비겁하다고 손가락질해 댔지만, 어쨌든 이기고야 마는, 절대 적으로 만들면 안 될 놈이었다.

연산동에서 나고 자란 염덕은 어려서부터 힘이 좋아 싸움이라면 마다하지 않는, 나름 씩씩한 소년이었다. 지금도 그렇게 믿고 있지만, 돌이켜 보면 영웅심만 강했던 철부지 소년이었던 것은 아닌지 헷갈렸다. 어쨌든 의리가 있어 사람이 잘 따르는 편이고, 의리 있는 사람을 좋아했다.

연산동에 유흥가가 형성되어 이권이 생기자, 셋은 각자를 따르는 무리를 거느리고 한 구역씩을 차지해 조폭 행세를 하며 자리를 다투고 있었다. 상진이 노른자위라 할 수 있는 KNN 방송국이 있던 쪽에 먼저 자리를 잡았고, 염덕이 화물 주차장으로 쓰다 상업지역으로 바뀐 법원 쪽에 터를 잡았다. 뒤늦게 끼어든 대권은 오지나 다름없는 시청 쪽에 자리를 잡을 수밖에 없었다. 그런 터에 시내의 폭력 조직에서 연산동 입성을 준비한다는 소문까지 나돌아 분위기가 흉흉했다.

구토를 마친 달기가 원룸의 화장실을 나왔다. 그녀의 얼굴은 노랗게 탈색되어 있었다.

"위선자."

우려의 시선으로 달기를 지켜보던 대권이 한발 다가섰다. 달기와 대권은 원룸을 얻어 동거하고 있었다.

"목돈이 필요해서 그랬어, 조금만 참아."

대권을 노려보는 그녀의 눈동자에는 저주가 서려 있었다.

"나를 팔아 선불을 받은 돈으로 용병을 사시겠다? 그래서 연산동을 수중에 넣으시겠다? 나쁜 ××."

달기가 대권을 향해 주먹을 휘둘렀다. 대권이 뒤로 한 걸음 물러나자 달기는 제풀에 쓰러졌다.

"사랑하는 사람을 지키기 위해 돈이 필요했어. 며칠만 지나면 염덕은 제거돼. 염덕의 구역만 수중에 넣어도 너 하나 행복하게 해 주는 건 일도 아니야."

바닥에 퍼질러 앉은 달기의 눈은 여전히 대권을 노려보고 있었다.

"사랑하는 사람을 팔아 구역을 사고, 구역을 사 번 돈으로 사랑하는 사람을 지키겠다고? 그게 말이 된다고 생각해?"

"나는 널 사랑하지만 넌 아니잖아. 네가 나를 선택한 건 상진일 지키기 위해서잖아. 내가 상진일 해칠까 봐, 안 그래?"

"너에게서 상진을 보호해야 할 정도로 상진은 약하지 않아, 옛날이나 지금이나."

"내가 상진을 해칠까 봐 두려워서 그런 것이 아니었다면, 네가 그토록 경멸하던 나의 여자가 되면서까지 상진과의 화해를 주선할 이유가 없었잖아."

"네가 상진을 해칠까 봐 두려웠던 것이 아니고, 네가 설치면 상진이 죽어 버릴까 봐 두려웠던 거야, 상진의 말에 네가 겁을 먹고 걸음을 멈췄듯, 나 역시 상진이 스스로 죽어 버릴까 봐 겁을 먹었던 거야."

"미친년! 어쨌든 좋아. 넌 나를 선택했고, 나의 꿈은 너를 행복하게 해 주는 것이야."

"다음은? 염덕을 친 다음은?"

"네가 원한다면 상진은 건드리지 않아. 이 모든 것은 널 위해서니까."

대권의 구상은 이미 끝나 있었다. 염덕의 구역을 장악하고 나면 상진의 구역은 싸우지 않고도 넘겨받을 수 있었다. 달기를 이용하면 그것은 쉬운 일이었다. 상진을 죽여 버리겠다고 위협하면 달기는 상진을 지키기 위해 기꺼이 상진을 설득할 것이고, 상진은 달기의 말이라면 기꺼이 설득당할 것이다.

달기가 상진을 죽여 버릴까 봐 겁을 먹든, 상진이 스스로 죽어 버릴까 봐 겁을 먹든 그것은 대권이 알 바 아니었다.

염덕은 자신보다 수입이 나은 상진에게 술을 사야 할 마땅한 이유를 찾을 수 없었다.

"아줌마, 여기 소주 한 병."

파마머리를 부풀린 주인 여자가 소주를 가져왔다. 염덕은 뚜껑을 열어 상진의 잔에 술을 따라 주었다. 상진이 연거푸 두 잔을 마신 다음에야 입을 열었다.

"대권이 말이야."

그때였다. 상진의 휴대폰이 요란한 소리를 내며 울어 댔다. 상진이 서둘러 전화를 받았다.

"여보세요……, 밤 열 시? 알았어."

"대권이 왜?"

"온천파 애들을 지원받아 널 치기로 했다는군."

"뭐?"

"토요일 밤 열 시, 장소는 너희들이 운영하는 노름 하우스."

염덕이 운영하는 노름방은 인적이 드문 공장 지역에 있었다. 토요일이면 염덕이 꼭 머무는 곳이기도 했다.

"대권의 진영에 첩자라도 심어 놓았나?"

상진이 피식 웃었다. 하지만 그의 얼굴 역시 굳어 있었다.

"널 안 치고, 왜 나를 치지?"

"낸들 아나."

"내게 말해 주는 이유는?"

"고민 끝에 이야기하지만, 잘하는 짓인지 모르겠다."

"……."

"그때 기억나? 팔을 그어 병원에 입원했던 내가 학교로 돌아갔을 때, 네가 대권을 설득해 우리를 화해시킨 거. 난 그때부터 이를 악물고 운동을 했지, 몸을 불리기 위해 편식도 없애고 비릿한 우유도 오기로 먹었어."

상진의 왼쪽 손목에는 붉은빛의 흉터 자국이 선명했다.

"……."

"운동을 해서 힘을 기른 후부터, 녀석에게 괴롭힘당하는 아이들을 구해 줬지. 그래서 아이들이 나를 많이 따라, 다른 건 없어."

"쉽게 말해, 밤에는 헷갈려."

상진이 염덕의 잔에 술을 따라 주자 염덕이 단숨에 비웠다.

"네가 녀석에게 깨지는 것도 보기 싫지만, 온천파 애들이 우리 동네 와서 설치는 꼴도 보기 싫어."

염덕은 내심 걱정이었다. 대권의 무리가 온천파의 지원을 받아 공격해 온다면 결과는 뻔했다.

"그래서?"

"하우스를 비워 두고 녀석들이 갈 길을 지켰다가 기습해."

"기습하면 이길 수 있다고 생각해?"

"협공, 내가 도와주지."

"……우리 둘이 합세한다고 해서 온천파를 이긴다고 장담할 수 있을까? 거기다 싸움이라면 수단과 방법을 가리지 않는 대권이를 얹어서?"

"어렵겠지, 하지만 가능할 수도 있어."

상진이 안주 접시를 치워 공간을 확보했다. 그리고 손가락으로 그림을 그렸다.

"너희 구역이 끝나는 지점에 세차장이 하나 있지? 교차로에서 가자면 오른쪽."

"응."

"세차장을 빌려 잠복해 있어, 네가 자리를 비우고 없으면 놈들은 나를 치기 위해 세차장 앞을 지나게 될 거다."

"널 치러 가든, 집으로 돌아가든 그쪽으로 가겠지."

"좋아, 길 양쪽에 두 대의 차를 세워 길을 막고, 운전자 둘이 이야기를 하고 있으면 대권은 어떻게 할까?"

"클랙슨을 울리고 난리를 치겠지. 즉시 비키지 않는다면 운전자들은 반쯤 죽었다고 봐야 될 테고."

"빙고, 대권이 운전자를 향해 갈 때, 세차장에서 물을 뿌리면?"

"세차장 문 닫아야 할걸."

"그렇지? 대권의 불같은 성격을 이용하는 거야. 방심한 놈을 세차장으로 유인해 공격하는 거지. 놈의 무리가 세차장을 향해 총공세를 취할 때, 수은등을 밝혀 놈들의 시야를 제어하고 물세례를 퍼부어."

"불빛과 물 때문에 상대가 시야를 확보할 수 없게 만들겠다, 좋은 생각이네."

"그때, 내가 놈들의 등을 치지."

"필승이다."

염덕은 고개를 크게 끄덕였다.

"신세를 어떻게 갚지?"

"안 갚아도 돼."

"어떻게든 갚는다, 나는."

"정말 신세를 갚고 싶어?"

"그래."

"그렇다면 일 끝내고, 내 애들 데려다 네가 우리 동네 다 지켜."

"내가?"

"온천파 애들이 깨지면 그들의 주력이 덮칠 거야, 연산동을 통일해도 그들을 막아 낸다고 장담할 수 없어."

"너는 뭐 하고?"

"난 떠난다. 지휘 체계가 한곳에서 나와야만 일사불란하게 움직일 수 있어."

상진이 자리를 털고 일어나는데, 염덕이 그의 손을 잡아 앉혔다.

"확실히 해 두고 싶은 것이 있어."

"뭘?"

"네가 병원에서 돌아왔을 때, 대권과 널 화해시킨 것은 내 뜻이 아니었어."

"그럼?"

"대권이 중재를 해 달라고 부탁을 해 왔어."

"뭐? 오만이 극에 달한 그 녀석이 왜?"

"이유는 모르겠어. 분명한 것은 대권이 너와 화해를 하려 했다는 것이야. 내게 부탁한 것은 명분이 필요했던 거고."

"그 사건 이후로 나는 널 친구로 생각했고, 놈을 적으로 간주해 왔는데……, 모든 것이 엉망으로 되어 버렸군."

토요일, 거사 날이었다.

노름 하우스에 도착한 대권은 온몸을 전율케 하는 스릴에 몸을 살짝 떨었다. 싸움을 할 때면 기분 좋게 나타나는 현상이었다.

직계 부하들이 그를 수호하듯 서 있고, 그 뒤를 온천파 용병들이 병풍처럼 늘어서 있었다. 가차 없이 담을 넘어 일거에 공격을 끝내려 계획을 세웠는데, 김빠지게도 문이 열려 있는 데다 불까지 꺼져 있었다.

하우스를 샅샅이 뒤졌으나 염덕파 아이들의 그림자도 찾을 수 없었다. 토요일 저녁에 하우스를 운영하지 않는다는 것이 꺼림칙했으나, 용병을 사 두었는데 썩힐 수는 없는 일이었다.

"타라, 상진에게 간다."

염덕은 상진과의 약속을 어기고 하우스 밖에 몸을 숨기고 있었다. 대권의 무리가 탑승하기를 기다려 명령했다.

"쳐라."

차량의 유리창이 깨지고 비명이 난무했다.

싸움은 차에 갇힌 대권의 무리에 비해 행동반경이 넓은 염덕의 무리가 우세를 보였다. 하지만 잠시의 시간을 버티지 못하고 봇물 터지듯 대권의 무리가 터져 나왔다. 차량 한 대당 네 개의 문을 지킬 수 없는 염덕 무리의 수적 한계였다.

염덕의 무리가 완연한 열세에 몰렸을 때였다. 사이렌을 울리며 나타난 경찰 버스가 길 양쪽을 차단했다. 연장을 들고 싸우는 무시무시한 폭력 조직원 앞에, 총으로 중무장한 경찰 조직원이 새까맣게 몰려들었다.

철창 안에 갇힌 염덕의 표정은 여유로웠다.

"왜 그랬어? 세차장에서 협공하자는 약속을 어기고 혼자 붙은 이유가 뭐냐고?"

상진의 말에 염덕이 씨익 웃다가 멈추고 인상을 썼다. 얼굴 군데군데 생긴 상처가 웃음 근육에 뒤틀려 나오는 고통 때문이었다.

상진이 미소를 지었다.

"날 못 믿어서 그랬던 거야?"

"아니."

염덕이 검지를 펴 흔들어 보였다.

"그럼?"

"우리가 이긴다 하더라도 온천파의 주력이 덮칠 거라며?"

"그랬겠지."

"네 애들을 다 거두어도, 나는 그들의 주력을 방어할 자신이 없었다."

"……."

"옛날 속담도 있잖아. 못 먹는 밥에는 재를 뿌려라. 경찰이 좋아하는 먹이를 던져 줬어, 그것도 떼거지로."

"모르긴 해도 이 사건을 맡은 경찰은 줄줄이 특진할 거다."

염덕이 고개를 끄덕였다.

"우리가 나갈 정도의 시간이면 충분하다고 생각했어."

"무슨 시간?"

"네가 연산동을 통합해 하나의 제대로 된 조직을 만들 시간."

"왜 나에게?"

"네가 먼저 구역을 물려주려고 했잖아."

"구역을 넓히려고 그렇게 애를 쓸 때는 언제고……."

염덕이 슬며시 웃었다.

"솔직히 말해 나보다 너를 따르는 아이들이 더 많고, 머리도 네가 더 좋잖아. 연산동을 위해서 우리 둘 중 누군가가 보스가 되어야 한다면, 그것은 너라고 결론 내렸어."

"내 능력으로도 힘들어."

"이 사건으로 인해 경찰이 온천파의 움직임을 주시할 테니까, 그들은 당분간 섣부른 행동을 하지 못할 거다. 먹이를 던져 주는 조건도 그렇게 걸었고."

"연산동을 노리는 무리들이 어디 온천파뿐이겠어?"

"경찰은 연산동의 움직임도 예의 주시하고 있을 거다. 다른 조직에서도 함부로 움직이지 못해."

상진이 탄성을 자아냈다.

"네가 그렇게까지 깊은 생각을?"

"나도 옛날에 무협지 좀 읽었다. 그건 그렇고, 하나만 묻자."

"뭘?"

"우리가 이기면 정말 내게 자리를 물려주고 은퇴하려고 했어?"

"……."

"내가 의리에 약하다는 것을 알고, 이렇게 하기를 유도한 것은 아니지?"

"……달기가 원했어, 짐승 같은 놈에게서 해방시켜 달라고. 달기와 함께 떠나려고 했어."

"모든 것은 달기가 중심이었어?"

"그래."

"그럼 난?"

"……."

"옛날이나 지금이나 들러리?"

"너는 연산동의 보스지."

염덕이 고개를 흔들었다.

"연산동은 이제 너만이 O야, 나와 대권은 X고."

"난, 안 돼."

"안 되긴 뭐가 안 돼, 인생은 OX라며."

"……달기를 데리고 떠나야 해."

"퍼스트레이디! 앞으론 조직 세계에도 여자의 조력이 반드시 필요할 거다. 달기의 깊은 마음이라면 보스의 여자로서 자격은 충분하다."

염덕이 스스로 철창 속으로 걸어 들어갔다.

작가 소개

김해에 살고 있는 소설가 이종열은 1964년 경남 산청에서 태어났다. 제1회 문예창작 문학상, 제8회 고운 최치원 문학상을 받았으며 저서로는 종이책 장편 추리소설 《마지막 여행》, 엽편소설 《여의 소원목》, 전자책으로 《덤벼라 조폭》, 《약육강식 놀이》, 《봉임이》, 《가출》, 《머슴 사위 봄봄 씨》, 《용역회사 올드보이》, 《일장춘몽》, 《아뿔싸》, 《가상 인간 대선 출마하다》, 《신 별주부전》 등이 있다.

덤벼라 조폭

ⓒ 이종열, 2023

초판 1쇄 발행 2023년 10월 25일

지은이   이종열
펴낸이   이기봉
편집   좋은땅 편집팀
펴낸곳   도서출판 좋은땅
주소   서울특별시 마포구 양화로12길 26 지월드빌딩 (서교동 395-7)
전화   02)374-8616~7
팩스   02)374-8614
이메일   gworldbook@naver.com
홈페이지   www.g-world.co.kr

ISBN   979-11-388-2441-5 (03810)